B's-LOG BUNKO

かけもち女官の花〇《マル》修業
～愛人路線はいばらの道!?～

乙川れい
Rei Otsukawa

ビーズログ文庫

イラスト／増田メグミ

Contents

エーファルト
ユグドリス国王テオドシウスの
花冠画家。
〈色彩の魔術師〉の異名を持つ。
ディードリヒ
第二王子でハインの異母弟。
隠れた趣味は、女装。
ハインリヒ
ユグドリス王国の第一王子。
かつては〈幽霊王子〉と
陰口を叩かれていた。
ベアトリーセ
ハインの婚約者候補として
やってきた貴族令嬢。
オトマール
亡き先王の一人息子で
ハイン&ディードの従兄。
かけもち女官の花マル修業
～愛人路線はいばらの道!?～

カトリーネ
ユグドリス王国第三王妃。
高飛車でナルシスト。
アルマ
カトリーネに仕える女官で、
ハインの花冠画家。
人を描くと"隠された真実"を
暴いてしまう〈神懸かりの乙女〉。
フーゴ
〈陰影の魔術師〉と評される、
若き天才画家。
レネ
アルマの同僚にして親友。
さまざまな特殊技能を持つ
スーパー女官。

序章

蜜月の終わり

いったいどうしてこうなってしまったのだろう。

第一王子の膝《ひざ》の上から、アルマは追憶《ついおく》の彼方《かなた》へと旅立っていた。

画家の夢を諦《あきら》め、ユグドリス王国第三王妃《おうひ》カトリーネのもとで女官《にょかん》として花嫁修業《しゅぎょう》をはじめたのが、いまから半年前のこと。

婚約者との結婚も近い二カ月前のある晩、アルマは「世にも美しい幽霊が出る」という噂《うわさ》を聞いて、第一王子ハインリヒの住まいである〈翡翠《ひすい》の宮《みや》〉の中庭に忍び込んだ。

ここまではいい。

いや、本当はよくないのだが、不法侵入《しんにゅう》の件はひとまず置いておく。

そこで出会った幽霊――ではなくハインリヒに〝画家の天啓《てんけい》〟を感じ、モデルになってほしいと頼み込んでいるうちに王族の専属画家である〝花冠《かかん》画家〟に任命されてしまったことも、まあいいとする。

本当は大問題なのだが、その後に起きた大事件を考えればまだマシだと言えた。

(なんでわたし、ハイン様と恋仲になっちゃったんだっけ……)

わけがわからない。分不相応《ぶんふそうおう》にもほどがある。

アルマは没落《ぼつらく》した男爵家《だんしゃくけ》の娘《むすめ》にすぎず、見た目だって十人並みだ。カトリーネは「あたくしの次くらいには可愛《かわい》くてよ」と言ってくれるが、完全に贔屓目《ひいきめ》だ。

どう見積もっても、男性部門一位（アルマ調べ）の美貌《びぼう》の持ち主《ぬし》であるハインの相手として不釣り合いで、百歩以上譲《ゆず》ってもらっても厳《きび》しく、両目を瞑《つぶ》ってようやくお似合いと評してもらえる程度だ。少なくともアルマはそう自己評価している。

なのにどういうわけか恋仲になってしまったあげく、こうして長椅子《ながいす》に腰掛《こしか》けたハインの膝の上に座らされ、あまつさえ腰に腕《うで》まで回されている。

完全に、熱々の恋人同士の構図だ。

自分が第三者としてこの執務室《しつむしつ》にいられたならば、いまごろ貪《むさぼ》るようにデッサンしているところだ。二重《にじゅう》の意味で不可能だが。

(何これありえない。異常だわ。わたし、何をどこから間違えたの？　花嫁修業をしたのが間違い？　画家修業から間違えてた？　それを言ったらわたしが神懸《かみが》かりなんて大役をあずかっていることだって何かの間違いとしか思えないわけで……)

神懸かりとは王家の危機に現れるとされる伝説の異能者だ。肉体に一時的に神を宿らせ、神聖な力で目に見えない真実を絵の中に描《えが》き出すことができる。

（そもそも神様はどうやって神懸かりを選んでいるのかしら。人数ぶんのくじを作って高いところからばらまいて、一番遠くに飛んだ人にしてるとか？　だとしたら選出方法を再検討するべきだわ。って何の話だっけ。そうそう間違ったのはどこからって……）

ああそっか！　と思いついて顔を上げる。

「生まれてきたのが間違いでした……！」

「いきなりどうした!?」

書類に目を落としていたハインが、ぎょっとして顔を向けてくる。

たぐいまれな白皙《はくせき》に、緩《ゆる》く波打つ淡《あわ》い金髪。切れ長の双眸《そうぼう》は冬の湖のような翡翠色で、整った鼻梁《びりょう》は少なく見積もってもアルマの鼻の一・五倍の高さがある。

上着《うわぎ》は脱《ぬ》いで執務机の椅子の背に引っかけてあり、クラヴァットも外《はず》して襟元《えりもと》をくつろげているが、だらしない格好《かっこう》をしていても体の内側から血筋の良さが滲《にじ》み出ている。

「おい、大丈夫《だいじょうぶ》か？」

顔の前を手のひらが上から下へとよぎる。アルマははっと我《われ》に返った。

「すいません、見惚《みと》れてました。あまりにもお美しいので」

「……そうか」

短い相槌《あいづち》に、何かを大量に諦めた苦渋《くじゅう》が満ちている。

「さっきから何をごらんになってらっしゃるんですか？」

「ああ、これは聖堂の見取り図と警備の配置図、警備を担当した兵士の名簿《リスト》だ」

ここでいう聖堂とは、王宮内にある祭祀《さいし》用の宮殿を指す。

近年では戴冠《たいかん》式や結婚式などはすべて王都ジークセンの中央にある大神殿で行われているが、王家にまつわる小さな儀式、たとえば花冠契約《けいやく》の儀式などは通常ここで行われる。

王子の寝室《しんしつ》で契約の儀を行ってしまったアルマは例外中の例外である。

アルマはハインの手元を覗《のぞ》き込んで、目を見開いた。見取り図では、備品保管庫に大きな丸がつけられている。

「保管庫で何かあったのですか？」

「いや何も。侵入した形跡《けいせき》があり、荒らされていたのに何も盗《ぬす》まれていなかったんだ」

「それは……不思議ですね」

「だろう？　騎士団《きしだん》による捜査《そうさ》は打ち切られたんだが、どうにも気になってな。個人的に暇《ひま》そうな騎士を集めて調べさせてはいるのだが……」

どうやら手詰《てづ》まりを感じているらしい。

アルマは彼の力になろうと、むむむ、とない知恵を絞《しぼ》り、一つ思いついて手を打った。

「わかりました！　きっと犯人は画家もしくは画家志望です。保管庫に侵入した動機は祭《さい》具《ぐ》の素描《そびょう》をしたかったから。というのはどうです？」

「却下《きゃっか》。絵を描くだけのために危険も顧《かえり》みず侵入するような馬鹿《ばか》が、おまえの他にもいるとは思えん」

　推理を否定されたうえに、出会った状況まで皮肉られてしまった。

「でも、一匹見かけたら三十匹はいるといいますし、わたしみたいなのがあと二十九人いてもおかしくはないかと！」

「うら若い乙女《おとめ》が自分を油翅虫《ゴキブリ》に喩《たと》えるな」

　げんなりと言って、ハインはテーブルの上に書類の束を投げ置いた。

「普通に考えれば、忍び込んだものの目当ての物が見つからなかったと考えるべきだろうな。問題は侵入者が何を探していたのかだが、見当もつかん」

「保管庫にあるものって祭具ばかりですよね？　侵入者は何か特別な祭具を探しているのでしょうか」

「仮にそうだとしてもそんなものを盗んでなんになる？　祭具は真鍮《しんちゅう》製のものばかりだ。闇市場《やみしじょう》に売ればすぐに足がつくし、溶《と》かして売ったとしても値はほとんどつかん」

「そうですよねえ。宝飾品がほしければ宝物庫《ほうもつこ》に、高価な絵画《かいが》がほしければミラルダ宮《きゅう》に忍び込むでしょうし」

「父上には何も盗まれていないのだから気にするなと言われたが、どうにも引っかかる。まさかとは思うが、またカトリーネが何か企《たくら》んでいるんじゃないだろうな？」

「さすがに二度同じようなことはなさらないと思いますが」

カトリーネにはとある目的のために盗賊を雇《やと》い、自分の首飾りを盗ませた前科がある。

「おまえも少しはわかってきたようだな」

ハインは破顔すると、えらいえらい、とアルマの頭を撫《な》で回した。

「わ、わたしを馬鹿扱《あつか》いしないでくださいっ」

口を尖《とが》らせて抗議《こうぎ》しつつも、されるがままになる。面と向かって伝えたことはないが、彼に頭を撫でられるのが好きなのだ。

と、手の動きが止まり、すっとこめかみのあたりの髪《かみ》に何かが差し込まれた。

驚いて手を当ててみると、髪飾りらしき物が留《と》めてあった。手触《てざわ》りで、無数の宝石を集めて作った造花だとわかった。

「あのっ、これは……！」

アルマが慌《あわ》てて周囲に視線を巡《めぐ》らせていると、ハインが察して手鏡を差し出した。

受け取って鏡面《きょうめん》を覗くと、見慣れた顔の横に濃色の紫水晶《アメジスト》の薔薇《ばら》が咲いている。

「高価なものでなくて悪いが、僕からおまえへの契約の証《あかし》だ」

ハインが左手の人差し指で右手の甲《こう》を軽く叩《たた》いてみせる。

いまは白い絹の手袋に隠《かく》れているその甲には、アルマがユグドリス王家に伝わる契約の絵筆を用いて描いた紫《むらさき》色の薔薇がある。

魂《たましい》の赤、精神の青、肉体の黄。

その三色のうち赤と青を混ぜて作った紫の絵の具を使い、王家の象徴《しようちよう》である薔薇を主《あるじ》の手の甲へ描くと「主に魂と精神を捧《ささ》げる」という意味になるのだ。

(ハイン様からの契約の証……)

もう一度鏡を覗き込んで、少し顔を横に向けたり、傾《かたむ》けたりと角度を変えて見る。

多角的にカットされた紫色の石が放つきらめきに、思わず心が躍《おど》った。

「ありがとうございます！　大切にします！」

「そうしてくれ。間違っても絵の具代を工面《くめん》するために売り飛ばすなよ」

「そんなことするわけないじゃないですか」

「画材を買うためにドレスを全部売り払った前科があるだろうが」

うっ、とアルマが口ごもったとき、扉越《とびらご》しに来客を告げる声がかけられた。

ハインは予期していたらしく、「すぐに行く」と扉越しに廊下《ろうか》の騎士に伝え、アルマを抱き上げて膝から下ろした。

彼がクラヴァットを結び直すのを尻目《しりめ》に、慌てて上着を手に取って背後に回った。

「それでは、わたしはアトリエに戻りますね」

「ああ。肖像画《しようぞうが》、楽しみにしている」

ハインは上着に袖《そで》を通して言うと、颯爽《さつそう》と身を翻《ひるがえ》して去っていった。

アルマは彼と反対方向に歩き出し、数歩で足を止める。はあ、と重いため息。

「……肖像画、上手《うま》くいってないなんて言えないわ……」


そもそもハインの執務室を訪《おとず》れたのは彼の顔を見たかったからだ。

神懸かりであるアルマは、実際に人間を見ながら描くと異能が発現して「隠れた真実」を絵の中に表現してしまうため、根本的に人物画が大の苦手だった。

しかし王族の人生の記録係でもある花冠画家になったからには、人物画を描かないわけにはいかない。それどころか今後は描きつづける必要がある。

最初は神懸かりとはいえ人物画を描けないことから国王や大臣たちから大反対されたものの、国王の花冠画家エーファルト・デュムラーの推薦《すいせん》もあって、最近になってようやく認めてもらえたのだ。

とはいえ認めてもらえればあとは自由というわけではない。

花冠画家就任《しゅうにん》後の最初の仕事は、お披露目《ひろめ》も兼《か》ねた肖像画の制作である。

花嫁修業ならぬ花冠修業の甲斐《かい》あってハインだけは描けるようになったが、いままで描いてこなかったものをいきなり、しかも並みいる宮廷画家たちに引けを取らない出来で描け、と言われても無理な話だ。

アルマは人物画の腕を上げるためこれまで以上に練習し、あらゆる手を尽《つ》くした。

注文してあった「秘密兵器」も三日ほど前に納品された。練習と本番が同時進行になってしまうが、なんとしてでも肖像画を完成させるつもりだ。

「よし、頑張《がんば》ろう！」

改めて決意をして、〈翡翠の宮〉に用意されたアトリエの扉を開ける。

画油《オイル》と絵の具が混じった、なんとも言えない匂《にお》いに出迎《でむか》えられる。

ここ数日の肖像画制作で散らかり気味のアトリエは、複数のイーゼルが出しっぱなしになっており、素描をしたためた画帳が何冊も放り出してある。窓際《まどぎわ》の奥に置かれた棺《ひつぎ》大の木箱は例の「秘密兵器」だ。

特に目につくのは、床にうずたかく積み上げられた肖像画だろう。

先々月に起きた事件によって「描かれた者に悪影響《あくえいきょう》を与える呪《のろ》いの絵」の存在があきらかになってからというもの、国中から絵の鑑定依頼《かんていいらい》が殺到している。

鑑定自体は一目見れば終わるのだが、根っからの絵画馬鹿であるアルマはついうっとりと見入ってしまい、いつのまにか大量に溜《た》まっていた。

肖像画は実際の人物よりも美しく凜々《りり》しく描かれる傾向にあるため、どの絵も美男美女揃《ぞろ》いなのだ。美しいものに目がないアルマとしては一日中眺《なが》めていても飽《あ》き足らない。

（でもちょっと溜め込みすぎたかしら）

苦笑しつつアトリエに足を踏《ふ》み入れる。

積み重ねた肖像画は途中で雪崩《なだれ》を起こしたらしく、数枚の絵が床に転がっている。

いや、転がっているのは絵だけではなかった。

作業台の影、何色もの絵の具がこびりついた床に、人が倒れている。

テオドシウス王だった。

「陛下《へいか》ーっ!?」

ユグドリス国王がなぜか気をつけの姿勢で仰向《あおむ》けに倒れている。

「えええええっ!?　なんで、どうしてこんなところに倒れて!?　……って、それどころじゃないわよね」

アルマは慌てて王のもとへ駆《か》け寄った。王は完全に気を失っており、うっすらと開いた瞼《まぶた》の隙間《すきま》から白目が覗いている。顔の上で手を振ってみたが反応はない。

「陛下、陛下ーっ！　わたしの声が聞こえますかーっ!?　どうしよう、人を呼んだ方がいいかしら……でも昼寝をなさっているだけだったら悪いし……」

冷静に考えれば人の部屋の床で昼寝をする貴人はそういないとわかるはずなのだが、アルマはすっかり動転していて考えが及《およ》ばなかった。

「目を開けたまま眠る人もいるし……どっちにしても起こさないと制作の邪魔《じゃま》、じゃなくて、絵の具が引っかかっちゃったら失礼だし。うん、起こそう！」

しかし頭を打っているとしたら、揺《ゆ》さぶるわけにはいかない。

どうしたらいいんだろう。何か使えるものはないかしら、と周囲に視線を巡らせていると、ふと部屋の隅《すみ》に置かれたバケツに目が留まった。

筆洗器《ひっせんき》の入れ替え用に用意したもので、中にはまだ未使用の綺麗《きれい》な水が湛《たた》えられている。

アルマはそれを抱え上げて戻ると、王の顔の上で一気に傾けた。

ばしゃあん！　と顔面に盛大な水を食らった王が慌てて飛び起きた。

「何事だ!?　うっ、げほっ……は、鼻に水が……」

「おはようございます、テオドシウス陛下。どこか痛いところはありませんか？」

「うむ、鼻が痛い。簀《す》巻《ま》きにされて滝壺《たきつぼ》に落とされる夢を見たぞ……」

「やっぱり眠ってらっしゃったんですか!?　すいません、わたしったら早とちりをして……気持ちよくお休みのところ、起こしてしまって申し訳ありませんでした！」

王の安眠を妨害《ぼうがい》するなんて、自分はなんてことをしてしまったのだ。

空《から》のバケツを放り出して床にひれ伏《ふ》すというドゲーザの姿勢をとるアルマに、王は「寝《ね》ていたわけでは……」と困惑《こんわく》した顔になる。

「寝ていらしたわけではないのでしたら、いったいどうなさったのですか？」

床に手をついたまま、顔を上げて訊《たず》ねる。ここはアルマのアトリエであり、一国の王がぶらりと立ち寄るような場所ではない。

「それはそなたに話が……そうだ！　余《よ》はここで死体を見たのだ！」

「死体⁉」

アルマは顔を上げて室内を見回した。やや雑然としているが、死体が転がっていれば一目でわかる。しかし、どこを見てもそれらしきものは転がっていない。

「違う、そこの棺の中だ！」

「棺？　ああ、あの木箱のことですか」

ようやく合点《がてん》がいった。

立ち上がって大きな木箱の方へ近寄ると、ずれた上蓋《うわぶた》の隙間から腕を突っ込んだ。

「陛下がごらんになったものって、もしかしてこれですか？」

中にあるごつごつしたものを引っつかみ、力任《まか》せに引っ張り出す。

「ぬおわあああああっ⁉」

王が絶叫《ぜっきょう》して後じさった。

アルマが取り出したものは、人間の全身の骨だった。頭蓋骨《ずがいこつ》から足のつまさきの指骨まで、綺麗に揃って繋《つな》がっている。

「そ、それ！　余が見たのはまさしくそれだ！　なぜ死体がこんなところにあるのだ！」

「これは複製品《レプリカ》ですよ」

にっこりと説明して、美しい肋骨《ろっこつ》のラインをそっと撫でる。

「わたしは神懸かりなので人を見ながら描くことができません。絵を見ても彫刻を見ても能力が発現して、真実の姿を描いてしまいます。ですが、本物の人間の骨から型を取った骨格模型《もけい》なら、見ながら描いても異能が発現しないんです」

骨格模型はミュラー商会が販売する画材の一つだ。完全受注制で発注から制作まで一カ月以上かかるうえ、かなり高額なため、いままではほしくても手を出せなかったのだ。念願叶《かな》って手に入れられたのは、第一王子という支援者《しえんしゃ》がついたおかげだ。

ちなみに発注の際、アルマは商会の担当者にハインの身長を伝えておき、同じサイズのものを制作してもらっている。骨格模型はハインより若干足が短い気がするが、絵の練習用としては充分だろう。

王は本物の骨ではないと聞いて安堵《あんど》したらしく、おそるおそる近づいてきた。

「ううむ、本物そっくりだな……しかし、型どりに使っている本物の骨をどこから調達しているのか気になるのだが」

「昔の戦場跡《あと》で発見された骨から型をとっているそうですよ。型どりした後はきちんと弔《とむら》っているそうですから、法的な問題もないかと思います」

「そうか。ならよいのだが」

「ちなみにこの子、ハインリヒ八世って名前なんです。カトリーネ様が、ハイン様を描く練習用ならその名前がいいって、つけてくださって」

王が太い眉《まゆ》を寄せて眉間《みけん》に皺《しわ》を刻んだ。

「実在したハインリヒ王は確か七世までだったはずだが」

「はい。ですから過去のハインリヒ様に失礼がないようにと、八世に」

「……それだと愚息《ぐそく》が即位することになったら……まあ、そんなことはどうでもいいか。余は、そなたに大事な話があってきたのだ」

「わたしに、ですか？」

王は一つ咳払《せきばら》いをすると、しかつめらしい顔つきになった。表情を見ただけで、何か重大な話をしようとしているのだとわかる。

アルマは急いでハインリヒ八世を木箱に戻して王に向き直った。

「まずはじめに断っておくが、余はそなたが嫌《きら》いなわけではないのだ」

「はい」

「ただ、先日ヘルムートが失脚《しっきゃく》したことで貴族の力関係が崩《くず》れてしまってな……今回のこれは最高の一手ではないかもしれんが、妥当《だとう》な一手だと思ったのだ。そこをわかってほしい」

「……何の話をされているのかさっぱりわからないのですが」

理解が追いつかないのは、自分が鈍《にぶ》いからなのだろうか。

王は幾分《いくぶん》か躊躇《ちゅうちょ》した後、渋《しぶ》い顔をして言いにくそうに口を開いた。

「近々、王宮にベアトリーセという名の令嬢《れいじょう》がやってくる。バルテルス侯爵《こうしゃく》の娘だ。絵姿が届いているはずだから、そなたも知っているやもしれん」

アルマは頭の中で、鑑定依頼者の一覧表を引っ張り出した。

その中から該当する令嬢の名前を見つけると、すぐに絵姿が思い起こされた。確か、栗《くり》色の巻き毛の美少女だったはずだ。

「そのベアトリーセ様がどうかなさったんですか？」

「彼女を、ハインリヒの婚約者候補として考えている。この意味がわかるか？」

王は神妙《しんみょう》な顔つきで、ゆっくりと言い含《ふく》めるように告げる。

アルマは両目を瞬《しばたた》いた。瞬《まばた》き三回で言葉の意味を理解し、瞬き五回で事情を理解した。ベアトリーセが、ハインの婚約者候補。

「ハインリヒとのことはすまないと思う。だが王族の婚姻《こんいん》は好《す》いた惚《ほ》れただけではままならぬものだ。いきなりこんな話をされてショックだろうが、ここはこらえて――」

「いえ特にショックではありませんが」

すぱっと言いきるアルマに、テオドシウス王が目を丸くする。

なぜ自分がショックを受けると思われたのだろう。心外だ。

アルマはうきうきと両手の指を組み合わせた。

「ベアトリーセ様って、あのくりっくりの巻き毛の美人さんですよね!?　絵姿を拝見したときから気になってたんです！　きっと女性部門上位に入る方だと……まさか実物にお会いできる機会がいただけるなんて！　あ、わたしもお会いできるんですよね？」

「う、うむ……」

「ありがとうございます！　ハイン様の花冠としてぜひともご挨拶《あいさつ》させてください！」

——王は知らなかったのだろう。

アルマは恋より画業の絵画馬鹿、ハインいわく、脳の代わりにピンクの絵の具が詰まった「ピンク頭」であることを。

第一章

非対称《アシンメトリー》な恋愛関係

「ねえアルマ。今夜のあたくし、ちょっと派手すぎではないかしら？」

「そんなことはありません！　カトリーネ様はユグドリスの輝《かがや》ける宝石。どんなドレスも宝飾品も、カトリーネ様ご自身の美しさの前では霞《かす》んでしまいます。多少派手なくらいでようやくカトリーネ様の美しさと釣り合うというものです！」

晩餐《ばんさん》用のドレス選びに悩むカトリーネに、アルマは脚《あし》のぐらついた姿見を支えながらきっぱりと答えた。

「……ねえ、結局派手って言っちゃってない？」

「……気づいてないみたいだし、いいんじゃやない？」

女官《にょかん》たちが小声で囁《ささや》き合うのも含《ふく》めて、〈紅玉《こうぎょく》の宮《みや》〉では、毎日のように見られる光景である。

しかし、今日のカトリーネはいつもと異なり、しきりに自分の格好《かっこう》を気にしている。

ドレスは落ち着いた銅《どう》色の生地《きじ》を基調に、要所要所に黒地のシフォンやレースをあしらったきらびやかな意匠《いしょう》だ。

アルマから言わせてもらえば、派手なのはドレスではなくカトリーネ自身だ。

桃色がかった金髪は複雑に編み込んで高く結《ゆ》い上げるだけで、高価な宝石を無数にちりばめたティアラ以上の豪華《ごうか》さがあるし、神秘的な菫《すみれ》色の双眸《そうぼう》からはそこらの小娘《こむすめ》には逆立ちしても敵《かな》わない妖艶《ようえん》さが感じられる。

いつもどおりに美しいのに、いったい何が不満なのだろう。他の女官たちも不安そうに顔を見合わせた。

「カトリーネ様、アルマの申すとおり今夜のカトリーネ様も最高に美しいですわ。でもどこかお気に召《め》さないところがおありでしたら、はっきりとおっしゃってくださいまし」

「そうですわ！　ドレスがお気に召さないのでしたら、さきほどの葡萄《ぶどう》色のドレスにお召し替えになっても……」

「ドレスが気に入らないわけではなくってよ」

「では髪型《かみがた》ですか？　ああ手袋とか、扇《おうぎ》とか……それとも宝飾品？　サラ、ネリー、いますぐ替えのものを持ってきてちょうだい！」

「その必要はないわ」

部屋を飛び出していこうとする女官たちを、カトリーネが扇で制止する。

「ドレスも髪型も小物も宝飾品も、気に入らないわけではないの。あなたたちの働きぶりには全幅《ぜんぷく》の信頼を寄せていてよ。ただあたくし……自信がなくって」

ほう、と憂鬱《ゆううつ》そうにため息を落とす主《あるじ》の姿に、激震《げきしん》が走った。

自己愛主義の傾向があり、みずからをユグドリス王国一の美女と自負しているはずのカトリーネの口から、まさか弱気発言が飛び出すとは。

「そんな、カトリーネ様の口から『自信がない』なんて……!?」

あまりのことに女官が三名ほど卒倒《そっとう》した。

アルマも姿見から手を離しそうになり、すかさず親友のレネが駆《か》け寄ってきて支える。

「――侍医《じい》は呼ばなくていいわ。あたくしは正常だから」

慌《あわ》てて飛び出していこうとした女官たちをまたも扇で制止する。

「で、ですが……」

「そういう意味で言っているのではなくってよ。あたくしはあなたたちがこうしてここにいるように、『未来の花嫁』の教育は慣れているのだけれど……今回みたいなことは初めてだから勝手がわからないのよ」

確かに……と女官たちの間から声が漏《も》れる。

今夜の晩餐の相手はカトリーネを貴婦人の中の貴婦人と敬《うやま》い、弟子《でし》入りを志願《しがん》してきた人物だ。

ただ、弟子入りは快諾《かいだく》したものの、教え慣れた未来の花嫁とは勝手が異《こと》なる相手であるため、さすがに当惑《とうわく》しているようだ。

（カトリーネ様でも戸惑《とまど》われることがあるんだ）

きゅうっと胸が締《し》めつけられた。近くにいるのに遠い存在だと思っていたカトリーネが急に身近に感じられ、アルマは差し出がましいと思いつつも進み出た。

「カトリーネ様、大丈夫《だいじょうぶ》です！　カトリーネ様はいつものように振る舞われればいいんです。先方はいつものカトリーネ様を師《し》と崇《あが》めてらっしゃるんですから！」

「アルマ……！」

カトリーネの菫色の双眸が、感極まったように潤《うる》む。

「そう……そうよね。あたくしとしたことが、らしくもない弱音《よわね》を吐《は》いてしまったわ。みんな、いまあたくしが言ったことは忘れてちょうだい」

「御意《ぎょい》！」

「これ以上客人を待たせては悪いわね。参りましょう」

カトリーネが自信を取り戻したとほぼ同時に、気絶していた女官が目を覚まして立ち上がる。無意識下で主の声が聞こえていたのかもしれない。

何事もなかったかのように歩き出す王妃に、女官軍団は片付けもそこそこに慌てて付き従う。アルマはレネと一緒に姿見を仕舞《しま》ってから、駆け足で最後尾《さいこうび》についた。

落ち着いた雰囲気《ふんいき》の晩餐の間《ま》に、淑女《しゅくじょ》たちの軽《かろ》やかで控《ひか》えめな笑い声が響《ひび》く。

いや、淑女「たち」と呼んでいいものか。

すっかりいつもの調子に戻ったカトリーネの向かいの席でうっとりと酒杯《しゅはい》を傾《かたむ》けているのは、金茶色の髪を高々と結い上げた麗人《れいじん》だ――女装の、ではあるが。

「それで、今日はあたくしに相談があると言っていたわね、ディードリヒ」

「いやですわカトリーネ様、私のことはディードリットとお呼びになってくださいと申し上げたはずですわ」

自称ディードリット――本名をディードリヒというユグドリスの第二王子は、ほほほ、と口元に手を添《そ》えて笑った。

少し前に公務に復帰した彼は、時間を作っては〈紅玉の宮〉を訪《おとず》れ、カトリーネのもとで女装修業をするようになった。アルマに一発で女装を見抜かれたことと、先月の式典で着飾ったアルマを見たことで、カトリーネへの師事《しじ》を決意したらしい。

その甲斐《かい》あって彼の女装はぐんと練度《れんど》が上がった。

少なくとも、アルマよりずっと淑女に見える。

（わたし、たぶん乙女力《おとめりょく》でディードリヒ殿下《でんか》に負けてるわ……）

恋仲の相手がいる乙女としてどうなんだろう、と我《われ》ながら思わなくもない。

「実は折り入って、カトリーネ様にご相談したいことがございますの——父上から縁談《えんだん》の話は聞いているだろうか？」

ディードリヒは途中で素《す》に戻った。

懐《ふところ》から取り出した眼鏡《めがね》を鼻梁《びりょう》に引っかけると、普段の真面目《まじめ》そうな青年の顔に戻る。

ただし表情だけだ。髪型も化粧《けしょう》も衣装もディードリットなる淑女のままだ。

だがカトリーネは慣れたものだ。子羊のワイン煮《に》にナイフを滑《すべ》らせながら答える。

「その話ならあたくしも聞いていてよ。陛下《へいか》はバルテルス侯爵《こうしゃく》の娘ベアトリーセを、あなたかハインのどちらかの婚約者候補と考えておられるようね」

「そのようなのだ」

ディードリヒは沈痛《ちんつう》な吐息《といき》を漏らす。

それだけで、縁談に対して乗り気でないことが窺える。

「そんなにベアトリーセという娘が嫌《いや》なの？」

「まさか。ベアトリーセ嬢《じょう》個人に対して思うところは何もないよ。会ったこともないし。単純に、まだ婚約をしたくないだけだ」

「あら、でもあなた、別に恋人がいるわけでもないでしょう？　王族の結婚は政治、ほとんどが親が決めるものではなくて？　あなたはそういうことをわかっている子だと思っていたけれど」

「別に反発しているわけではないんだ。時が来れば婚約でも結婚でもなんでも父上や大臣たちが決めたとおりにするつもりだ。ただ私は、私はっ……婚約したら女装ができなくなるかと思うと……！」

ああ……と壁際《かべぎわ》に並ぶ女官たちが一斉《いっせい》に低い声を漏らした。

残念なものを見る目を向けられても、ディードリヒはテーブルの上で狂《くる》おしそうに拳《こぶし》を震《ふる》わせるのみで、まったく気づかない。日々の心労《しんろう》を女装で発散させていた彼にとっては、それほどの死活問題らしい。

差し出がましいと思いつつも、アルマはディードリヒを励《はげ》まそうと声をかけた。

「そのことでしたら大丈夫ですから、お気を強くお持ちください、ディードリヒ殿下」

「ディードリットだ」

「えっと……でもいまは……？」

「ディードリットだ」

第二王子は喋《しゃべ》り方を元に戻し、眼鏡もかけている。

最初はともかく、いまは謎《なぞ》の美姫《びき》ディードリットではなく第二王子ディードリヒとしてカトリーネと話していたと思っていたのだが、勘違《かんちが》いだったらしい。

「まあいいさ。それで、何が大丈夫なんだ？」

「あ、はい。ベアトリーセ様との婚約のことでしたら杞憂《きゆう》ですとお伝えしたかったんです。

ベアトリーセ様は、ハイン様と婚約するそうですから」

ディードリヒの表情がぱあっと明るくなった。

「本当に？　そうか、兄上と婚約することになったのか。なんだ、いつのまにかそんな話になっていたのだな。心配して損したよ。そうか兄上と……兄う……えっ……？」

嬉《うれ》しそうに一人うんうんと頷《うなず》いている途中で、動きを止める。

晩餐の間の時間が停止した。

カトリーネはフォークで付け合わせのチコリを口へ運ぶ途中で固まり、女官たちもなぜか両目と口をぱっかりと開けた状態で絵画《かいが》のように止まっている。

「え？　みんなどうしたの？」

「あ……アルマっ」

最初に時間停止状態から抜け出したのはカトリーネだった。フォークの先からチコリがぽとりと落ち、テーブルクロスの上を転がっても見向きもしない。

「あたくしの聞き間違いならいいのだけど……あなたいま、ハインが婚約するって言わなかったかしら？」

「はい、言いました」

「ならなぜそんなに平然としているの⁉　あまり認めたくはないけれど、あなた、ハインと恋仲になっていたのではなくて⁉　ハインが他の女と婚約しても平気なの？」

カトリーネはなぜか動揺《どうよう》をあらわにしてまくしたててきた。

遅《おく》れて復活したディードリヒと女官たちが、無言で頷きまくる。

「はあ。平気かと言われましても。カトリーネ様だって、さきほど王族の結婚は政治だとおっしゃっていたじゃないですか」

「それとこれとは話が別よ！　鈍《にぶ》い子だとは思っていたしそういうところが可愛《かわい》いと思っていたけれど、今回ばかりは捨て置けないわ。あなた、ちゃんと想像してみたの？　ハインが他の女と結婚したら、あなたは……」

そこから先は口に出すのを憚《はばか》られたか、珍《めずら》しく言葉を濁《にご》してしまう。

カトリーネだけではない。ディードリヒも女官たちも、みな目を伏《ふ》せたり視線を逸《そ》らしたりと、気の毒そうな態度になった。

「わかってます」

彼女たちに心配をかけまいと、アルマは気丈に笑ってみせた。

「ハイン様がベアトリーセ様と結婚なさったら、私は愛人。二号さんとして、誠心誠意、ハイン様に尽《つ》くすつもりです」

だからなんの問題もありません。

と続けたかったのだが、アルマの声は続く甲高《かんだか》い怒号《どごう》に掻《か》き消されてしまった。

ハインは正殿《せいでん》に繋《つな》がる柱廊《ちゅうろう》を歩いていた。

今夜は父テオドシウスとバルテルス侯爵との晩餐の予定が入っている。

（このぶんだと少し早く着いてしまうな）

約束の時間にはまだ余裕がある。たまたま一つ前の用事が早く終わってしまったためだが、このぶんだとしばらく一人で待つはめになりそうだ。

そんなことを考えながら、なんとなく庭園に目を向ける。

柱廊は屋根つきの屋外《おくがい》通路となっているので、左右の柱の間から剪定《せんてい》された庭木が整然と並ぶイアルナ式庭園が見渡せる。生憎と日が落ちているのでいまは見通しは悪いが、晴れた昼間の眺《なが》めは他国の大使などからの評判もいい。

ふと視線を前へ戻すと、違和感《いわかん》を覚えた。

等間隔《とうかんかく》で松明《たいまつ》が掲《かか》げられているため真っ暗というほどではない。ただ、至る所に落ちる濃《こ》い影から猛烈《もうれつ》なおぞけを感じるのだ。

幽霊王子と呼ばれるほど夜間に王宮を抜け出していたハインは、闇《やみ》を恐れない。おぞけを感じるということは、他に要因があるのだ。

（……殺気か？）

闇の中に、何者かが潜《ひそ》んでいる。

ハインはいまだ専属の従者も護衛もつけずにいたことを少し悔《く》やむ。

剣術や護身術は幼い頃から親しくしていた騎士《きし》に叩《たた》き込まれているが、師と比べると数段落ちる。

だが殺気を気取《けど》られるくらいには相手も未熟らしい。

「誰だ。そこにいるのはわかっている。隠《かく》れていないで姿を見せろ」

剣の柄《つか》に手をかけながら、ハインは押し殺した声で告げる。

ややあって、左右の柱の陰《かげ》からゆらり、ゆらりと二つの人影が現れた。

どちらも若い女だ。双子《ふたご》なのか、うり二つの顔と髪型をしており見分けがつかない。

そして彼女たちは二人とも――〈紅玉の宮〉のお仕着せを着ていた。

「……は？」

思わず間の抜けた声が漏れた。

うっかり警戒《けいかい》を解きかけたハインの目に、彼女たちの嫌悪《けんお》に満ちた表情が飛び込んでくる。まるで路地裏の石畳《いしだたみ》にこびりついた吐瀉物《としゃぶつ》を見る目つきだ。

そういう意味では、彼女たちが手にしているモップやらハタキやらは状況にふさわしいのかもしれない。

「信じられませんわ」

と、一人が口を開いた。甲高《かんだか》くキンキンした声にはあきらかな侮蔑《ぶべつ》がまじっている。

「乙女心をなんだと思ってらっしゃるのかしら。王子なら何をしてもよいとでも？」

「反吐《へど》が出ますわね。女の敵。害虫。油羽虫《ゴキブリ》以下ですわ。汚《けが》らわしい」

もう一人も、やはりそっくりなキンキン声で罵《ののし》ってくる。

「待て、待て、何のことを言っているんだ？」

「なんてしらじらしい。ご自分の胸にお聞きになるがよろしいわ！」

「いや、だからわからないから説明を……」

「油羽虫にかける言葉なんてありませんわ！」

「ええ、駆除《くじょ》あるのみですわよ！」

一人がモップを大上段に振り上げ、もう一人が突撃《とつげき》するように突き出して構える。

何がなんだかわからないながら、自分が彼女たちに猛烈に嫌《きら》われており、さらに駆除されようとしていることだけは理解した。

ハインはすぐさま踵《きびす》を返すと、全力で走り出した。

「お待ちなさい！　逃《に》げるなんて卑怯《ひきょう》ですわよ！」

「女の敵、恥《はじ》を知るがよろしいわ！」

逃げるなと言われても逃げるに決まっている。

相手が男ならば応戦して拘束《こうそく》するところだが、女が相手では荒《あら》っぽい対応もできない。しかも花嫁修業《しゅぎょう》中の女官に怪我《けが》をさせては責任問題になる。

「おのれ、逃げ足の速い……！」

「淑女にこんなに苦労かけるなんて、紳士《しんし》の風上にも置けませんわ！」

ぜえはあと荒い息を吐きながら、一人が短笛《たんてき》を取り出して吹いた。ピィイイーッ、と高らかな音が鳴り響き、どこからともなくやってきた複数の人影が合流する。

女官軍団が増えた。

(僕は王子じゃなかったか!?　なんだこの扱《あつか》いは！)

人望がないのは自覚していたが、ここまで忌《い》み嫌《きら》われる理由がわからない。

とはいえ、女官ごときに引けを取るつもりはない。王宮を抜け出して城下をぶらついていた頃、厄介事《やっかいごと》に巻き込まれた経験は一度や二度ではない。

樹木の生い茂っている区域に逃げ込み、わざと暗いところを選んで走る。ここで最初の女官二人が体力の問題で脱落《だつらく》し、追加の一人が転倒《てんとう》した。

生け垣の迷路に誘《さそ》い込み、右へ左へと次々曲がったあと低木の裏に身を潜《ひそ》める。ここで残りの女官たちの足が止まった。見失ったのだろう。

(まったく、どうなってるんだ……カトリーネの差し金なのは確実だが)

最近はそれなりに良好な関係を築けていたはずだ。

いったい、いつ王妃の逆鱗《げきりん》に触《ふ》れてしまったのだろう。それに女官たちの反応を見るに、主の怒《いか》りに感化されただけではなく、彼女たち自身も猛烈に怒《おこ》っており、率先して襲《おそ》いかかってきているようだった。

剪定《せんてい》された低木の向こう側を女官たちの足音が走り抜け、遠ざかっていった。

やり過ごせた安堵《あんど》に吐息をついた、その瞬間だった。

ずぼっ！　と音を立てて、顔の横に槍《やり》の穂先《ほさき》が出現した。

ハインは動けなかった。

鋭い槍の先が掠《かす》めたのか、生け垣の枝葉とともに切れた金髪が虚空《こくう》を舞う。

「……外《はず》れた……」

抑揚《よくよう》に乏《とぼ》しい声音《こわね》には聞き覚えがある。

ハインはごくりと生唾《なまつば》を飲み下してから、慎重《しんちょう》に問うた。

「いまのは、わざとぎりぎり当たらないように突いたと言ってくれ。狙《ねら》ったのに外したのではないと。頼む……レネ」

回答の代わりに、槍が引き抜かれる。

第二撃が来る前にと、ハインは慌てて飛び退《の》いた。身を捻《ひね》って転がった頭のわずか上の空間を、再び伸びてきた槍の穂先が切り裂《さ》いていく。

「おまえ、自分が何をやっているかわかっているのか!?」

まがりなりにも第一王子である。

王太子と見なされているのはディードリヒだが、王位継承権としてはハインが第一位だ。それを襲撃《しゅうげき》、しかも王宮内でとなればただではすまされない。

またも槍が引き抜かれる。

ややあって、お仕着せの少女が茂みを迂回《うかい》して姿を現した。茂み越しではらちが明かないと思ったのかもしれない。

(あの槍は近衛兵《このえへい》のものじゃないか……?)

どうやって手に入れたのだろうか。

ハインはレネが近衛兵を背後から襲って槍を強奪《ごうだつ》する姿を想像した。ありえる。

その槍を妙《みょう》に手慣れた動作で構えると、レネは静かに告げた。

「あなたはアルマを弄《もてあそ》んだ……死ぬべき」

「は!?　何を言っているんだ?」

アルマを弄んだ?　身に覚えがまったくない。

(まさか、たまに膝《ひざ》の上に座らせていることを言っているのか?　あいつの反応が面白《おもしろ》くて、つい意地悪をしてしまうこともあるが……)

だからといって、たかが膝だっこで命を狙われるなど冗談《じょうだん》ではない。

「待て、待ってくれ。まずは話しあおう」

ハインはじりじりと後退しながら、制止の手を出した。うっかり腰の剣に手を伸ばしかけたが、剣を抜けば相手を余計に刺激《しげき》するだけだと自制する。

「話すことなんてない」

「そ、そうか、ならおまえは話さなくていいから、僕の話を聞いてよく考えてみてくれないか。あまり恩着せがましいことは言いたくないが、僕は一応おまえを救ったことがあると思うのだが」

先月、燃え上がるミラルダ宮に閉じ込められたアルマとレネを、ハインは右手に宿る契《けい》約《やく》の証《あかし》の力を借りて救い出している。

レネはしばし黙考《もっこう》してから、薄《うす》い唇《くちびる》を開いて言った。

「それはそれ、これはこれ」

「割り切りが早い！」

「あなたはアルマを騙《だま》した。甘い言葉でその気にさせておいて、遊びだった。絶対に許さない……」

「だから、弄んだとか騙したとか、何のことを言っているんだ!?」

「とぼけないで」

レネの茫洋《ぼうよう》とした双眸に一瞬、怒りの炎《ほのお》が点《とも》る。

腰を落として両手で槍を構える姿は、近衛騎士の誰よりも様になっている。

「あなたが誰と結婚しようとどうでもいい。けれどアルマを愛人にするのは許せない。そんなのアルマが可哀想《かわいそう》」

「……愛人だと？　ありえないな」

呆《あき》れた。馬鹿《ばか》も休み休み言ってほしい。

照れくさくてあまり口には出さないが、これでもアルマのことは真剣に想っているし、二人の将来も真剣に考えている。

いまはまだアルマに婚約を破棄《はき》させてから間もないので、時機を見ているだけだ。

「だいたい愛人というのは既婚者《きこんしゃ》が囲うものだろうが。僕は独身だぞ」

正論を言ったつもりだったが、レネは頑《がん》として態度を緩和《かんわ》させなかった。

「だってあなた、他の女と結婚するんでしょう」

「そんなわけあるか。誰がそんな馬鹿なことを」

「アルマから聞いた。アルマは王様に聞いたって言ってた」

「……な……っ!?」

思考が完全に停止し、しばらく二の句が継《つ》げなくなる。

結局、この件に関する詳細《しょうさい》をハインが知ったのは、晩餐の席でのことだった。

「……むう」

アルマは制作途中の肖像画と向きあって眉《まゆ》をひそめていた。

〈翡翠《ひすい》の宮〉にあるアトリエにはアルマの他には誰もいない。制作途中のハインの油彩が、静かに創造主を見つめ返してくるだけだ。

持っていた絵筆とパレットを上っ張り《スモック》の膝の上に置き、丸卓の上から画帳を引き寄せる。最近描いたハインの素描《そびょう》をぱらぱらとめくってみた。

それらの素描と見比べて、何がどうおかしいわけではない。

「でもなんか、つまんない絵になってるような気がするのよね」

画家になれただけでなく、念願の人物画を描けるようになった。

嬉しくてたまらなくて、やる気も充分。なのに、思うように描けないのだ。

「スランプ？　いいえ、わたしみたいな未熟者にスランプも何もあるわけないわ。ハイン様を描くのに飽《あ》きた？　そうだとしたらあっちも描けないだろうし……」

ちらりと壁際の薬棚《くすりだな》を見やる。

薬棚には硝子《ガラス》瓶《びん》がずらりと並べられており、色とりどりの顔料が詰《つ》め込まれている。これらを細かくすりつぶし、ケシ油《ゆ》やアマニ油などの画油《オイル》と混ぜて絵の具を作るのだ。

「いったん休憩《きゅうけい》ー。気分転換にあっちを描こっと」

アルマは立ち上がった。

長時間座っていたせいで体が凝《こ》り固まっていたので、いっちに、さっんし、と軽く柔《じゅう》軟《なん》体操をしてから薬棚のもとへ向かい、横手に回った。

棚の裏板と壁の間には、女の腕《うで》くらいならば入る隙間《すきま》がある。

「こっちだって大事な肖像画なわけだし……」

ただちょっと、人には見せられないだけだ。

隙間に手を突っ込もうとして、はっと振り返る。

アトリエの扉《とびら》は内側から鍵《かぎ》をかけられるようにはできていない。

突然、女官仲間の誰かが声を張りあげて飛び込んでくるかもわからない。そうでなくとも、昨日《きのう》はアルマがいない間に国王がやってきていたのだ。

「……用心した方がいいわよね」

薬棚の裏にある絵は、絶対に誰にも見られるわけにはいかないのだ。

アルマは部屋の隅《すみ》に置かれたハインリヒ八世の木箱を押して扉をふさぎ、その上に椅子《いす》やらイーゼルやらデッサン用の石膏像《せっこうぞう》やらを次々と積み上げた。

安心して薬棚のもとへ戻り、改めて隙間に手を突っ込む。布に包まれた硬《かた》い板の感触《かんしょく》を摑《つか》んで引き寄せようとした、そのときだった。

がんっ！　と扉が鳴り、アルマは声にならない悲鳴をあげて手を引っ込めた。

「ぐっ、なんだこれは、扉が開かないぞ！」

ハインの声だった。外側から無理やり開けようとしているのか、がんがんと扉が壊《こわ》れそうな音がする。

「なんだ、ハイン様か……」

びっくりした心臓が胸の奥で派手に暴れ回っている。おどかさないでほしい。

「アルマ！　そこにいるのか!?」

「います。ちょっと待っててください、いま開けますから」

もう一つの絵を描くのは諦《あきら》め、運んだばかりの木箱やら画材やらを元に戻していく。

ようやく扉を開けると、ハインが困惑《こんわく》した顔で入ってきた。何があったのかと室内を見回し、イーゼルに立て掛けたカンバスに目を留《と》める。

「ああ、肖像画を描いていたのか。邪魔《じゃま》をしたな」

「いえ……」

「しかしいくら下手《へた》だからといって隠さなくてもいいだろうに」

「ううっ！」

率直《そっちょく》な感想がぐさりと胸に突き刺さる。

ハインはアルマがいい絵を描いたときはちゃんと褒《ほ》めてくれる。「下手」と称したということは……つまりそういうことだ。

「い、いまはまだ途中ですから、そう見えるかもしれませんけど！　これから周りに小物も配置して寓意《ぐうい》とかも込めますし、最終的にはいい絵になる予定ですから！」

「そうか。せいぜい頑張《がんば》れ」

「せいぜいって……ハイン様、わたしのこと応援してくれてないですよね……？」

「そんなことはない。僕はおまえが下手でも構わないというだけだ。おまえの絵が好きだから、上手《うま》いか下手かなんてどうでもいいんだ」

ハインは苦笑して頭を撫《な》でてきた。アルマはむうと閉口しつつもされるがままになる。が、一通り撫で回した手がふと止まると、そのままがっしと頭を摑んできた。

「あの……？」

「おまえに聞きたいことがある」

どことなく怒気《どき》を押し殺した声だ。見れば、ハインはもう笑っていなかった。

「な、なんでしょうか……？」

「おまえ、僕の婚約の話は聞いているな？」

「はい。それが何か？」

ハインの目元がぴくりと跳《は》ねた。

「……なるほど、そういう反応か。で、それを、カトリーネたちにどう話した？」

「どうって言われましても普通にとしか……いたっ！　痛いですってハイン様！」

頭を摑む手が、ぎりぎりと万力《まんりき》のように締めつけてくる。

「痛いようにしている！　レネに聞いたぞ、おまえ、僕の愛人になるとかぬかしたらしいな!?　どういう了見だ！」

「いひゃあ！　ど、どういうも何も、最初からそのつもりでしたし……」

アルマは必死にハインの腕を引きはがそうと奮闘《ふんとう》しながら叫《さけ》び返す。

「最初からだと？　……ああ、前に何かのたまってたあれか……」

互いの気持ちを確かめあったとき、アルマはハインには本命の恋人がいると勘違いしており、自分は彼の二人目か三人目の恋人になるものだと思い込んでいた。

「あれは誤解だとわかっただろうが。それがなぜまた愛人なんて言い出した!?」

「だってわたしがハイン様のお妃《きさき》様になるわけないですし」

「断言するな！」

「しますよ！　わたしは花冠《かかん》画家なんですから！」

「それとこれがなんの関係がある」

「ありまくりですよ！　花冠画家はあなたの人生の記録係です。あなたと一緒に、描かれる側に回ることはできないんです」

　ハインが息を呑《の》む。翡翠の双眸に理解の色とともにちらりと暗い影がよぎる。

「よし、クビにしよう」

「ぎゃあああ、やめてくださいそれだけは！」

　慌ててすがりつくアルマに、ハインが「冗談だ」とのたまう。冗談はそのやたら綺麗《きれい》な顔だけにしてもらいたい。

「確かに、過去、神懸《かみが》かりを伴侶《はんりよ》にしたという王族はいない。何代か前に花冠画家と恋仲になった姫はいたようだが、婚姻関係になったという例はないな……まあ、この話はここまでにしておこう。僕とおまえとの関係についてはひとまず置いておく」

　内心でほっと安堵したのがばれたのか、「だが」とハインが付け加える。

「感情論としては別だ。僕はおまえがあっさり婚約者を受け入れたのが気に食わん」

「どうしてですか？　反対する理由がありません。ベアトリーセ様は家柄《いえがら》もいいですし、それにすごく綺麗な方ですよ」

「会ったことがあるのか？」

「ありませんけど、例の〝呪《のろ》いの絵〟かどうかの鑑定依頼《かんていいらい》で、ベアトリーセ様の絵姿も届いていたので。見てみます？　確かそのへんに……」

「結構《けつこう》だ。おまえは相手が美人なら、僕が婚約しても構わないというのか？」

「はい」

即答してから、はっと気がついて言い直す。

「いえっ、ハイン様が好きになった方なら外見なんて関係ありません！　できれば金髪の方がいいですけど、銀髪も好きですし、赤毛や茶髪も素敵だと思います」

必死に言いつのっているうちに、ハインが無言でアルマの髪を一房《ひとふさ》すくった。

「僕はこの髪がいい」

「く、黒髪がお好みだったんですか？　それでしたら……」

「この、黒髪がいいんだ」

そう言って、手の中の一房に口づけを落とす。

ぼぼっ、とアルマの頬《ほお》が熱を帯びた。慌てて髪を奪《うば》い返して後じさる。

「あ、あんまり近づかないでくださいっ。わ、わたし、いまちょっと絵の具臭《くさ》いと思うので……！」

「画家から絵の具の匂《にお》いがするのは当然だろう。いまさら気にしない」

「でも……っ」

じりじりと後退するアルマを認めて、ハインが嘆息《たんそく》する。その双眸にどこか傷ついたような色を見つけてしまい、ちくりと胸が痛んだ。

「あの、そんなつもりでは……」

「おまえが変わり者だということはわかっている。おかしな価値観を持っていて、普通の娘とは違う思考と反応をする。だがそれを承知《しょうち》で好きになったんだ」

最後だけ聞くと愛の告白だが、けなされている気がするのはなぜだろう。

「だから、普通の娘のような反応をしてほしいと思ってしまうのは、僕のわがままなんだろう……邪魔をしたな」

ハインは背を向けると、アトリエから出ていった。

「待ってください、ハインさ……」

すぐに追いかけようとしたが、鼻先で音を立てて閉まった扉に足を止められる。

胸の奥がずきんと痛む。

何かとんでもない間違いを犯《おか》してしまった気がする。なのにそれが何かわからなくて、アルマはしばらくの間、その場に立ち尽くした。


それから数日、アルマはつつがなく過ごした。

カトリーネのもとで女官として働きつつ、ときおりハインのもとへも伺《うかが》い、アトリエでの肖像画制作も続けていた。進捗《しんちょく》はお世辞にも芳《かんば》しいとは言えないが、下手なのも筆が進まないのも最初からなので、おおむねいつもどおりといえた。

その日も、アルマは通常の女官の仕事をしていた。カトリーネが使わなかった扇やショール、手袋などを抱《かか》えて衣装部屋へ行き、所定の場所へ戻していく。

ふと扉が開く音が聞こえて顔を上げると、おさげ髪の女官が遠慮《えんりょ》がちに入ってくるところだった。

レネだ。大荷物を抱えているアルマに対して、レネは手ぶらだった。どこか気まずそうな顔をして近づいてくる。

「どうかしたの？　もしかしてさっきの手袋、やっぱりお使いになるって？　あれならもう仕舞っちゃったけど」

「そうじゃないの。か……鍵が、ないの」

視線を逸らして、ぎこちなく言う。アルマは目をぱちくりした。

「鍵って、どこの？」

「……宝石棚の」

「なくしちゃったの？」

親友は黙って頷いた。普段、そそっかしいところのない彼女にしては珍しいミスだ。よっぽどショックなのか、そわそわと指を絡《から》ませて落ち着きがない。

「落とした……んだと思う。一緒に、捜《さが》してくれる……？」

「もちろん。ちょっと待ってて」

大急ぎで小物類を棚の引き出しなどに戻すと、揃《そろ》って衣装部屋を後にした。

廊下《ろうか》に出たとたん、レネがアルマの手首を摑んで早足で歩き出した。さきほどまでのおどおどした態度は完全に消え失せ、横顔には使命感のようなものが見て取れる。

「たぶん庭園に落としたんだと思う」

「そうなの？」

たぶんと言うわりには迷いのない足取りだ。

気がつけば、王宮の中央部にある最も大きな庭園についている。

二段式の噴水《ふんすい》を北にいただき、東西を薔薇《ばら》の植え込みに、南に四阿《あずまや》を配置している。見晴らしもよく、ここで何かをなくしたのなら捜し出すのはそれほど困難ではないだろう。

「たぶんこのあたり。一緒に捜して」

「……わかったわ」

なんとなく腑《ふ》に落ちないものを感じつつ、アルマは綺麗に剪定された植え込みの陰に這《は》いつくばった。薔薇の棘《とげ》に気をつけて匍匐《ほふく》前進しながら、地面に目を走らせる。

「ねえレネ、本当にこのあたりなの？」

「……たぶん」

迷いなく連れてきたわりには、要領《ようりょう》を得ない返答だ。

（もしかして？）

アルマは親友の意図《いと》に薄々気づきつつあった。

レネが大事なものを紛失《ふんしつ》するということ自体にも違和感があるが、そもそも〈紅玉の宮〉の女官が業務でここを通りかかることはめったにない。落とした場所に覚えがあるというのもおかしな話だ。

今日が何の日かを考えれば、答えはあきらかだった。アルマでもわかる。

「ねえ、正直に言って。本当は鍵なんて落としてないんでしょ？」

レネは普段は表情に乏しい顔をはっとさせると、申し訳なさそうに項垂《うなだ》れた。

「……ごめん。嘘《うそ》ついた」

「やっぱり。鍵を落としたなんて言って、本当はわたしをここに連れてきたかったのね」

植え込みの隙間から、こっそりと向こう側の景色《けしき》を盗み見る。

真っ赤な薔薇の咲き誇《ほこ》る先には、白い花崗岩《かこうがん》でできた四阿がある。

ここに、これから訪れる人物を見せようとしたのだろう。そしてそれが誰か、アルマにはわかっていた。

今日はハインの婚約者候補となったベアトリーセが王宮へ来る日だからだ。

今頃は縁談もはじまっている頃合いだろう。さらに話が弾んで、「ここからは若い二人だけで」なんて具合になり、いまにも庭園に出てこようとしているのかもしれない。

「わたしたちのことを心配してくれているのはわかるけど、人の縁談を盗み見するなんてよくないわ。誰に頼まれたのかは知らないけど、わたしは〈紅玉の宮〉に帰るから」

「待って……」

アルマが立ち上がると、レネが手を引いて引き留めてきた。

「ダメよ。お二人に悪いわ」

「でもアルマ、最近おかしかった。ハインリヒ殿下と痴話喧嘩《ちわげんか》したってもっぱらの噂《うわさ》」

「痴話喧嘩⁉」

思わず素《す》っ頓狂《とんきょう》な声をあげてしまった。

（痴話喧嘩だなんて、そんな恋人同士みたいな……！　あ、恋人同士だったんだっけ⁉

これからは愛人だけど！）

目を白黒させるアルマに、レネはなぜか憐《あわ》れむような眼差《まなざ》しを向けてくる。

「違うの？　最近いちゃいちゃしてる様子がないって、みんな心配してた」

「よっ、様子も何も、もともと人前でいちゃいちゃなんてしたことないんだけど⁉」

「自覚ないんだ」

最後の一言はトドメだった。

確かにカトリーネや兄や元婚約者の前で公開告白のような真似《まね》をしてしまったし、あのときハインにキスされたり膝だっこされりした覚えはあるが、あのときだけのはずだ。

それとも執務室《しつむしつ》や〈翡翠の宮〉でのやりとりを知られていたのだろうか。

（そんな⁉　まさか、あれもこれも全部ばれてる？　ぎゃあああああ死にたい！）

「……あ、殿下とベアトリーセ様が来た」

レネの淡泊《たんぱく》な声に、現実へ引き戻された。こんなことをしている場合ではない。

「と、とにかくわたしはもう行くから！」

「殿下のこと、気にならないの？」

むしろさっきまでまったく気にならなかった。急に意識してしまったのは痴話喧嘩だのいちゃいちゃだのと言われたせいだ。

「婚約者と一緒にいるところ、どんな雰囲気か見なくていいの？」

「い……いいに決まってるじゃない」

一瞬、植え込みの向こう側に目を向けたくなった。が、全力で自制した。

ここでつられてしまっては元も子もない。

「だ、ダメなものはダメよ。だいたいこんな、盗み見なんてはしたないこと……」

必死に我慢《がまん》するアルマを余所《よそ》に、レネは薔薇の植え込みに顔を突っ込み、当てつけのように感想を呟《つぶや》いた。

「ベアトリーセ様、美人。カトリーネ様の次くらいに綺麗かも」

「……そ、そんなことを言われたって、見るわけには……」

「すごい。栗《くり》色の髪が日差しを受けてきらきら輝いてる。あんなに見事な巻き毛を見るのは初めて。しかも、サイドのお団子頭《だんごあたま》がすごく可愛らしい。いま見ないと、夕方には髪型を変えてしまうかも」

「…………ちょっとだけなら」

たまらず、座り込んで植え込みの隙間に顔を突っ込んだ。隣《となり》から安堵したようなため息が聞こえてきたが、そんなことを気にしている場合ではなかった。

(うわあ……!)

薔薇の枝葉の間から見える光景に、アルマは胸中で感嘆《かんたん》を漏らした。

四阿のテーブルでハインと向かいあって座るのは、遠目でもわかるほどの美姫だった。

正直に言って、絵姿では彼女の魅力《みりょく》の半分程度しか伝えられていない。画家の腕がいまいちだったか、あるいは手癖《てくせ》で描いてしまっていたのだろう。

桃色のシフォンを幾重《いくえ》にも重ねたドレスを身に纏《まと》った彼女は、繊細《せんさい》で可憐《かれん》な容貌《ようぼう》も相まってさながら花の妖精《ようせい》のようだ。両側の髪をお団子にし、強い巻き髪を背中に垂《た》らしているのも、年相応の可愛らしい印象を与えている。

「なんてお似合い! 美男美女の非の打ち所がない組み合わせだわ。やっぱり美人は神様の創《つく》りたもうた芸術品ね。二人並ぶと、感動して言葉もないわ」

「……そう?」

「そうよ!」

アルマは思わず拳を握《にぎ》りしめて、声を張りあげた。

「ハイン様の美貌《びぼう》もまだまだ語り尽くせてないけれど、それはとりあえず置いといて、ベアトリーセ様のあの巻き髪を見て！　あんなにはっきりくっきりした見事な巻き髪はそうそうお目にかかれるものじゃないわ。しかもあれ、絶対に天然ものよ。くるくる巻いて薬剤で固めたものじゃないの。間違いなく美髪《びはつ》部門一位！　世の女性たちが苦労して作っている巻き髪を生まれながらにして手に入れているなんて……あれが神の芸術品でないとしたらなんだというの!?」

「……普通に人間だと思うが」

冷《さ》めた指摘の声に、アルマははっと我に返って振り向いた。

いつのまにか植え込みのこちら側にハインがやってきていた。不機嫌《ふきげん》そうに腕組みしながら、呆れた視線を向けている。

「えーと……」

「聞き覚えのある間抜け声がすると思ってきてみたら、おまえは何をこんなところで熱弁振るっているんだ。人の縁談を覗《のぞ》き見とは、淑女のやることとは思えんが？」

視線も声音も冷ややかで、冬に逆戻りしたような肌寒さを感じた。怒っている。

「も、申し訳ありませんでしたっ！」

アルマはがばっと地面に両手両膝をついて突っ伏した。

「盗み見するなんて絶対にいけないことだとわかっていたのに、お二人の美しさにつられて欲求を抑《おさ》えることができませんでした！　ハイン様の美しさには慣れてきてはいましたが、ベアトリーセ様の美しさには我慢できず……！」

「そもそもこんなところにいなければ『つられる』こともないと思うが。最初からここに潜んでいたんじゃないのか？」

「違います！　わたしはレネに呼ばれて……」

「レネなどいないが」

アルマは顔を上げて愕然《がくぜん》とした。いつのまにかレネが姿を消している。

逃げられた。

はあ、とハインが呆れたため息をつく。

「どうせカトリーネの差し金だったのだろう。怒っていないから、ドゲーザはやめろ」

「で、ですが……」

「──こちらの方が、噂のアルマ様ですの？」

不意に、よく通る澄《す》んだ声が降ってきた。

ハインの後ろから、くすくすと笑いながら美姫が顔を出す。

「ベアトリーセ様！　た、大変失礼いたしました！　わたしはアルマ・クラウスと申します！　その、このたびはとんだご無礼を働いてしまって……」

「まあ、お顔をお上げになって。どうかお気になさらないでちょうだい。ハインリヒ様からお話は伺っておりますわ」

ベアトリーセに手を引かれて、アルマは恐縮《きようしゆく》しながら立ち上がった。

間近で見る美貌に、あれ？　と違和感を覚える。

絵姿では、ベアトリーセの瞳《ひとみ》は黒っぽく描かれていたはずだ。

だが目の前にいるベアトリーセは琥珀《こはく》色の双眸をしている。画家が間違えたか、それとも描かれた場所の光の加減でそう見えていたのだろうか。

「アルマ様、わたくし、あなたとどうしてもお話がしたかったんですの」

ぎゅっと強く手を握られ、アルマははっと思考を打ち切った。

「わたしと……？」

もしかして愛人志望のことだろうか。

正妻となる方が関係を認めてくれないのならば、身を引く覚悟《かくご》をしなければならない。

だが、ベアトリーセの回答は、アルマの予想を大きく外れるものだった。

「ねえアルマ様。あなた、ハインリヒ様の正妻になるおつもりはありませんこと？」

「はあ!?」

まさかの婚約者候補からの率直すぎる質問に、アルマは固まった。

ハインがぎょっとした様子で割って入ってくる。

「ベアトリーセ、いきなり何を言い出すんだ！　アルマをからかうのは……」

「あら、わたくし、まったくこれっぽっちもからかってなどいませんわ」

にっこりと微笑《ほほえ》んで、ベアトリーセはやんわりとハインを突っぱねる。

「わたくしはアルマ様と話をしておりますの。ねえアルマ様、あなたハインリヒ様と恋仲なんでしょう？　正妻として添《そ》い遂《と》げるおつもりは？」

「添い遂げる!?」

「待てベアトリーセ、アルマには刺激《しげき》が強い……」

「いいえ、こういうことははっきりさせておいた方がよろしいですわ」

優しげで可憐な容貌ながら、ベアトリーセは相当に頑固《がんこ》な性格らしい。

第一王子の制止を無視して、ずいっとアルマに詰め寄ってくる。

「ねえ、どうですの？　ハインリヒ様のことをお好きなのでしょう？」

「……そ、それは、その……」

「おい、そこは躊躇《ちゆうちよ》するな」

「そうなのでしょう？　そうなのでしょう!?　でしたら、やっぱりハインリヒ様と婚約なさるのはアルマ様であるべきですわ！　好きあっているお二人が結ばれないなんて、そんな悲しいこと、あってはいけませんもの！」

「ま、待ってください、ベアトリーセ様！」

がっしりと握られた手を振り払うわけもいかず、大声を張りあげて制止する。

「わたしはハイン様の花冠画家です！　花冠は王族の人生を描く者であって、描かれる側に回ることは……」

「まあ、そんなことを気にかけてらっしゃったの？　それなら問題ありませんわ」

にっこりと迫力《はくりょく》のある笑みを浮かべて、ベアトリーセがのたまう。

「花冠と妃の両立は可能ですわ。ハインリヒ様には二人目の花冠画家を召し抱えてもらえばよろしいのですわ。契約の薔薇を描く手はもう一つあるんですもの」

アルマは今度こそ固まった。

ハインが、二人目の花冠画家を召し抱える？

ぽん、と手を打つ音がした。

「ああ、その手があったな」

得心した彼の声に、アルマは悲鳴をあげたくなった。

第二章　誰かが何かを探している

　今日も〈紅玉《こうぎょく》の宮《みや》〉のサンルームには咲き頃を迎《むか》えた数十種類の薔薇《ばら》が織りなす、豊かな香りが満ちていた。

「それはまた、おかしな娘がやってきたものね」

　話を聞き終えたカトリーネは、榛《はしばみ》の実のシブーストにナイフを通しながら言った。

「カトリーネ様もそうお思いになられますか？」

「ええ。バルテルス侯爵《こうしゃく》が娘をハインかディードリヒの妃《きさき》にしようと画策《かくさく》しているという噂《うわさ》は、もうずいぶん前から流れていたことだもの。娘の方も乗り気だと聞いていたわ。それが、いざ王宮へやってきたとたんあなたとハインをくっつけようとするなんて、どう考えてもおかしいでしょう。何を企《たくら》んでいるのかしら」

「同感だ。ひさしぶりに意見が一致したな」

　テーブルの向かいに座るハインも同意する。珍《めずら》しく来客として認められているため、彼の紅茶も用意されていた。さきほどから銀製の菓子器《かしき》から榛の実の焼き菓子を摘《つま》んでは口に運んでいる。お気に召《め》したらしい。

（いつもどおり、よね……？）

焼き菓子を一つ食べては紅茶に口をつけている彼を、こっそりと観察する。

見たところ彼の様子は普段と変わりはない。それとも態度に出していないだけで、内心ではものすごく怒《おこ》っているのだろうか。

痴話喧嘩《ちわげんか》、という単語が脳裏《のうり》をよぎり、アルマは慌《あわ》てて頭の上で手をばたばたさせる。

「どうしたアルマ。蠅《はえ》でも飛んでいるのか？」

「い、いいえええ、なんでもありません！」

「いつにも増して変だぞおまえ」

「そんなことありません！　へ、変といえば！」

いつにも増してという表現が一瞬引っかかったが、ひとまず頭の隅に追いやって、強引に話題を戻す。

「さきほど『何を企んでいる』とおっしゃいましたけど、それも変じゃないですか？　わたしとハイン様の仲を取り持ったところで、ベアトリーセ様にはなんの利益もないはずですし。それに、ベアトリーセ様は悪い人には見えませんでした」

空《から》になったカトリーネのカップにティーポットを傾《かたむ》けながら言う。

別に、ベアトリーセが美人だから贔屓目《ひいきめ》になっているわけではない。

アルマにハインの妃となるべきだと言ってきたときも、多少の強引さは感じたものの、特に悪意は感じなかった。

「そうねえ。普通に考えれば、他に恋人がいるのではなくて？」

カトリーネはシブーストを紅茶で喉《のど》に流し込んでから口を開いた。

「でも侯爵には言い出せないまま来てしまって、それでしかたなくハインの方から縁談《えんだん》を断ってもらおうとしている……そんなところではないかしら？」

「いや、それがどうもそれだけとは思えないんだ」

ハインは懐《ふところ》から丸めた書類を取り出し、結び紐《ひも》をほどいてテーブルの上に広げた。

アルマとカトリーネは顔を寄せあうようにして覗《のぞ》き込んだ。

王宮の見取り図に、いくつかの丸印と矢印、人名と時間が記《しる》されている。

「これは……警備計画書ですか？」

「ずいぶんと修正が多いわね。人員が大幅に入れ替えられているし、時間帯の変更も……待って。おかしいわ。こんなのありえなくてよ」

「どうかしたのですか？」

何かに気づいたらしいカトリーネの横顔を凝視《ぎょうし》する。

菫《すみれ》色の眼差《まなざ》しは紙面の上を確かめるように何度も移動している。

「この計画書どおりにすると、午前零《れい》時過ぎと午前一時過ぎに兵士が誰もいない区域ができてしまうわね。ちょうどこのあたりに……」

カトリーネが閉じた扇《おうぎ》で指し示したのは、ミラルダ宮《きゅう》だ。

王家秘蔵の絵画《かいが》を収蔵《しゅうぞう》する絵画館だ。先月、アルマも関係している小火騒《ぼやさわ》ぎで建物の一部が焼失したが、現在は修繕《しゅうぜん》作業も終わり、退避《たいひ》させていた絵画も戻されている。

「そういうことだ」

と言って、ハインはまた警備計画書を丸めはじめる。

「先々月の一件以来、王宮の警備は強化されている。以前のように警備体制の隙《すき》を突いて盗人《ぬすびと》を招き入れるような真似《まね》はできない」

「城を抜け出してぶらぶらするような真似《まね》もね」

かつて放蕩《ほうとう》生活を繰《く》り返していた王子と、盗人を招き入れてわざと自分の首飾りを盗《ぬす》ませたことのある王妃は、互いに相手への当てつけじみた発言をして睨《にら》みあった。翡翠の眼差しと菫の眼差しの間で見えない火花が散る。

この二人はよく顔を合わせているわりには、それほど仲がいいわけではない。そしてその原因が自分にあることを、アルマはよく理解していた。

「えーと……あ、警備の担当って、確かバルテルス侯爵ですよね」

気づかなかったふりをして話題を戻すと、二人はさっと視線を外《はず》した。

「そうだ。この警備の穴は、バルテルスがわざと作り上げたものだと考えていいだろう」

「でも、なぜ自分の娘が王宮に滞在《たいざい》しているときに警備を薄《うす》くするのかしら？　危険ではなくて？」

「危険ではないとわかっているのだろうな。そして、そうまでしてやらなければならないことがあるのだろう。その目的が何かは不明だが」

「ふうん。で、こんなものをあたくしに見せて、どうしようというの？」

「どうもしない。相手の出方を待つだけだ。おまえにもしばらく静観してほしい」

ハインはどこか苦笑気味に言って、ティーカップを口に運んだ。

カトリーネが怪訝《けげん》そうに柳眉《りゅうび》をひそめる。

「あら、あなたらしくないわね。てっきり、何かあると踏《ふ》んで先手を打とうとするかと思ったのだけど」

「いまのところベアトリーセは敵ではないからな。むしろ味方だ——ベアトリーセは、アルマを僕の妃にさせたいらしいからな」

その瞬間、サンルームの室温が一気に二十度ほど下がった、気がした。

カトリーネの表情こそ微笑《びしょう》のままだが、義理の息子に向ける視線が殺気《さっき》を帯《お》びる。

ひぃっ、とか細い声を漏《も》らして、女官《にょかん》たちが後じさる。

カトリーネがアルマをいかに可愛《かわい》がっているか、〈紅玉の宮〉に知らぬ者はいない。

自分を王宮に引き留《と》めたいがためにいろいろ裏で手を回していたこともアルマは後から

知った。事実を知ったときはさすがに少し引いたが、自分を思っての行動だと思うと迷惑《めいわく》とも言いきれない。何より、おかげでハインと出会えた。

ただし、アルマとハインが恋仲のままでいることは快《こころよ》く思っていないらしいのだ。

「カトリーネ様、誤解なんです。ベアトリーセ様が勝手におっしゃっているだけで、私とハイン様の間でそんな話は一度も出ていませんから！」

「本当に？」

と言ったのはカトリーネではない。当のハインだ。

「本当に、一度もそんな話にならなかったと？　そう言うのか？」

鋭《するど》い翡翠《ひすい》の眼差しに射貫《いぬ》かれて、アルマははっと息を呑《の》む。

確かになかったはずだ。いや、待て。あのときは——痴話喧嘩のときはどうだったか？

『あなたと一緒に、描かれる側に回ることはできないんです』

自分の放った言葉が腹の中でずっしりと重みを増した。

（あのとき、ハイン様はなんだか重大な話をしてきそうな雰囲気《ふんいき》があった……）

ハインがあのとき何を言おうとしていたのか、なんとなく察したというだけで確信していたわけではない。なのに、アルマは先回りをして拒否《きょひ》してしまった。

（わたし、最低だ……）

ひどい後悔《こうかい》が拍動《はくどう》を速めてくる。翡翠の眼差しをまともに見つめ返せない。

そのとき案内役の女官がしずしずと温室に入ってきた。

「カトリーネ様、ディードリヒ殿下《でんか》がいらっしゃっていますが、どうなさいますか？」

「入れてよろしくってよ」

カトリーネはハインとアルマを冷《さ》めた目で見やってから、ため息まじりに告げた。返答に窮《きゅう》してしまったアルマへの助け船だったのかもしれない。

まもなくして、ディードリヒがやってきた。

今日は男性の正装を纏《まと》っている。最近〈紅玉の宮〉を訪れるときには必ず女装姿だったので物珍しさを感じてしまったが、考えるまでもなくこれが本来の彼だ。

ディードリヒは肩を怒《いか》らせて入ってくると、異母兄《いぼけい》をきっと睨みつけた。

「やっぱりここにいたか……見損《みそこ》なったぞ兄上！」

「何の話だ」

「とぼけるな！」

だんっ、とテーブルを叩《たた》いて身を乗り出す。

「アルマを愛人にするだけでは飽《あ》き足らず、画家としてもないがしろにするなんて！」

「落ち着け。愛人はアルマが勝手に言い出したことで僕は認めていないし、おまけに画家としてないがしろにする？　身に覚えがないし、ありえないな」

「そ、そうなのか……いや、しかし」

「勘違いするようなことがあったというのなら説明しろ。が、その前に少し落ち着いた方がいいな。誰か、こいつに茶を淹《い》れてやってくれ」

「いや、それには及《およ》ばない。大丈夫だ」

ディードリヒはテーブルの上に乗り出していた体を引っ込めると、眼鏡《めがね》の縁《ふち》を親指と中指で押さえて直し、はー、と長い息を吐《つ》いた。

「本当に僕の勘違いなのか？」

「だからそう言っているだろう。何があった？」

「いや、兄上が花冠《かかん》画家をもう一人任命するとかで選考会を開くと聞いたから、それはアルマに対して不誠実だろうと思って……」

「選考会だと？」

選考会を開いて花冠画家を決めたという例は、過去に何度かある。ただしそれはユグドリス派の画家が不作だった時代の話だ。エーファルト・デュムラーを筆頭《ひっとう》に、諸国の宮《きゅう》廷《てい》画家を多数輩出《はいしゅつ》している現代において、わざわざ選考会を開く必要はないはずだ。

「既《すで》に花冠が一人いるというのに、焦《あせ》って次を探すような真似をするわけがないだろう。むしろ選考会を開く必要があるのはおまえの方だろうが。いつになったら花冠画家を召《め》し抱《かか》えるんだ、おまえは」

「そ、それは言わないでくれ」

痛いところを突かれたらしく、ディードリヒが気まずそうに視線を逸《そ》らす。

「まあ、兄上が企画したのではないとわかってよかった。しかし不思議《ふしぎ》だな。兄上でなければ誰が兄上の花冠画家選考会を開いたんだろう。会場にはもうだいぶ画家が集まっているようだが」

「……会場って？」

話についていけないアルマたちに、ディードリヒは自分が見てきたものを説明した。


ディードリヒに連れられてアルマは〈水晶《すいしょう》の宮《みや》〉に向かった。

宮殿の前にやってきたところで、目に飛び込んできたものに思わず足が止まる。

困惑顔《こんわくがお》の騎士たちが警備する入り口には、紙の造花で縁取られた『ハインリヒ殿下花冠画家選考会・会場＝一階大広間　突き当たりを右』なる立て看板が鎮座《ちんざ》していた。

「本当に開催《かいさい》されちゃってるんですね……」

ベアトリーセが王宮にやってきてからまだ一日しか経《た》っていない。王宮の警備を担当するバルテルスの娘とはいえ、いくらなんでも実行力がありすぎる。

「本当にこれ、ハイン様が開いたことになってるんですか？」

〈水晶の宮〉は貴賓《きひん》用の宿泊所だ。普通に考えれば、自分の宮殿でもないところでこんな好き勝手な真似をするわけないと思うのだが。

「私が思うに、兄上はいままでの行いが悪すぎたんだ。裏で動いてアルマを勝手に花冠画家にした実績もあるし、兄上ならやりかねないと思われたんだろう。日頃から品行方正《ひんこうほうせい》に努《つと》めていれば、あらぬ疑いをかけられることもなかったはずだ。この私のように」

ふっ、と笑って、第二王子は勝ち誇《ほこ》ったように胸に手を当ててみせる。

（女装は品行方正に含《ふく》まれるのかしら）

目の保養《ほよう》にあずかっているので、疑念は口に出さないでおく。

「おお、ディードリヒ殿下！」

朗《ほが》らかな声に振り向けば、宮殿の奥からバルテルス侯爵が現れた。人好きのする笑みを浮かべ、飛び出た腹を揺《ゆ》らしながら駆《か》け寄《よ》ってくる。

「まさかディードリヒ殿下にもお越しいただけるとは！　ハインリヒ殿下はご一緒ではないので？」

「兄上はくだら……いや、都合がつかないそうだ」

ディードリヒがうっかり事実を告げそうになって言い直す。

異母弟《いぼてい》から話を聞いたハインは「くだらん。勝手にやっていればいい。僕は関係ない」と一蹴《いっしゅう》して、仕事に戻っていってしまった。

ベアトリーセに第二花冠画家を雇《やと》うよう薦《すす》められたときには「その手があったか」などとのたまっていたが、積極的に二人目の花冠画家を召し抱えるつもりはないらしい。先の発言はいつもの意地悪だとわかって、アルマは少しほっとした。

「左様でございますか。そりゃあ残念です。ですが、ディードリヒ殿下がお越しくださって助かりました。さあさあ、みなさんお待ちかねですぞ！」

「お待ちかね？　何を言っているんだ？」

バルテルスはにこやかな笑顔のまま、懐から小さな木箱を取り出した。そこから木炭を手に取ると、立て看板の『ハインリヒ殿下』の部分を二重線で取り消した。

それが何を意味するのか――榛色の双眸に理解が落ち、ディードリヒは慌てだした。

「いや待ってくれ、私は関係な……」

と言っている途中で、太く短い腕《うで》にがっしりと手首を摑《つか》まれてしまう。

「さあさあディードリヒ殿下、会場はあちらですぞ！」

「ま、待ってくれ！　そんな話は聞いてな……っあああああっ!?」

ディードリヒは小柄《こがら》な侯爵に引きずられるようにして、宮殿の奥へと消えていった。

アルマはしばらくその場に一人立ち尽《つ》くしてから、はっ、と我《われ》に返った。

あまりにも鮮《あざ》やかな誘拐《ゆうかい》劇で構図的にも面白《おもしろ》かったので思わず見送ってしまったが、見過ごしてはいけなかった。会場には花冠画家志望の宮廷画家が集まっているのだ。

「そんなところにディードリヒ殿下を連れて行ったら……飢《う》えた狼《おおかみ》の群れに子羊を投げ込むようなものなんじゃ……!?」

まもなくして、うおおおおおっ！　と怒号《どごう》のような歓声《かんせい》が響《ひび》いてきた。

「まあ、そうなるわよね……」

どう考えても手遅《ておく》れだが、アルマは慌てて彼らの後を追った。

立て看板に書かれていたとおり廊下の突き当たりを右に曲がると、まもなくして大広間の前に出た。扉《とびら》の前には『ハインリヒ殿下花冠画家選考会場』の立て看板があり、バルテルスがやったのか、『ハインリヒ殿下』の文字がまた二重線で取り消されている。

アルマはおそるおそる両開きの扉を開けてみた。

大広間の中は、立食パーティー会場と化していた。人混みでごった返す中で、ベアトリーセが連れてきたらしき侍女《じじょ》たちが飲み物を振る舞っている。

来客のほとんどは男性だが、ちらほらと女性の姿も見受けられた。着飾った者もいれば、服装に頓着《とんちゃく》しない者もおり、まちまちだ。

だが全員に共通しているのは、布に包まれたカンバスらしきものを抱えていること、そしてその身に絵の具の匂《にお》いを纏っていることだ。

全員が画家、しかも王宮に出入りできる身分を考えれば、宮廷画家か元宮廷画家だろう。

そんな中で、ディードリヒは画家たちに詰《つ》め寄られて埋《う》もれそうになっていた。

「殿下もついに花冠画家をお選びになられるんですね！」

「いや、私は……」

「殿下、俺はかねてから殿下にこの魂《たましい》と精神を捧《ささ》げたいと思っておりました！」

「き、気持ちは嬉《うれ》しいが……」

「ハインリヒ殿下が二人目の花冠を所望されるというのは本当ですか!?　お姿が見あたらないようですが」

「いや、兄上も……」

「ぜひわしの絵をご覧になってくだされ！　わしの最高傑作《けっさく》なんです！」

「いいや、まずは俺の絵を！」

「私の絵も見てください！　絶対にお気に召すはずなんで！」

四方八方からまくしたてられて、ディードリヒは口を開きかけては閉じ、開きかけては閉じの繰り返しで、訂正する隙を見つけられずにいる。人間の波に呑まれて溺《おぼ》れているようにも見えた。

「ディードリヒ殿下！　いまお助けします！　ちょっと、通して……やあっ！」

アルマは衝撃《しょうげき》に備えて体を丸め、意を決して人波に突撃《とつげき》した。

そして、あえなく弾《はじ》かれてすっ転んだ。

「あたたた……すごい執念《しゅうねん》だわ。気持ちはわかるけど」

打ちつけた尻《しり》を押さえて立ち上がる。涙目になっている場合ではない。ディードリヒは少し押しに弱いところがある。このまま放っておけば両手の甲《こう》が埋まりかねない。

アルマは、すうっと息を吸い込むと、大きく声を張りあげた。

「みなさん落ち着いてくださーい！　殿下は本意ではないんですー！　これは何かの間違いなんです、とにかく殿下から離れてくださーい！」

反応はない。みな売り込みに必死で、アルマの声など届いていないようだ。

「ちょっと、話を聞いて……！」

「聞くわけねえだろ、商売敵《がたき》の声なんざ」

呆《あき》れた声に振り向くと、後ろに小柄な少年が立っていた。

ぼさぼさの栗《くり》色の髪《かみ》に縁なし帽子《ぼうし》を乗せ、絵の具で薄汚れたシャツとズボンを纏っている。快活《かいかつ》そうな顔立ちには、どこか呆れた表情を浮かべている。

テオドシウス国王の即位二十五年を祝う式典で、アルマに木炭と画帳を貸してくれた少年画家だ。

「あなたは確か、ヤンセンさん？」

「フーゴでいいよ。あんたはアルマだよな？　女の神懸《かみが》かりの。なんで女官のお仕着せなんか着てんの？」

「あ、これはですね」

「説明はいいよ。興味もないし」

「……そうですか」

なんだろう、感じが悪い。

それにどうにも見下されている気がする。たぶん気のせいではない。実力からいえば、アルマはフーゴの数段どころか数百段くらい下だ。

「フーゴくんもここにいるってことは、まさかあなたも花冠画家に……？」

「あったりまえだろ。ユグドリスの画家はみんな花冠画家を最終目標にしてんだからさ。つかなんであんたがここにいんの？　あんたはもう花冠にしてもらってんだから関係ないじゃん。あんたとかエーファルトの旦那《だんな》とか、お呼びじゃねえっつの」

「エーファルトの旦那？」

フーゴはふんと鼻を鳴らして、煩《わずら》わしそうな視線を横へ向ける。

その先には見覚えのある黒衣の男の姿があった。

長い黒髪を首の後ろで一つに束ね、柔和《にゅうわ》な顔立ちの中で理知的な眼差しを涼《すず》しげに細めている。

テオドシウスの花冠画家、エーファルト・デュムラーだ。

ユグドリスを代表する画家がすぐ近くにいたというのに、人混みのせいでフーゴに視線で促《うなが》されるまで気がつかなかった。

「……その〝旦那〟という呼び方をやめなさい、フーゴ」

「先生って呼ぶなっつったの、あんたじゃん」

「私はまだ弟子《でし》を取るつもりはないから先生と呼ばれたくないと言っただけで、そんな軽《けい》薄《はく》な呼び方をされたかったわけではありません」

エーファルトが沈痛《ちんつう》そうに額《ひたい》を押さえながら不満を零《こぼ》す。

この二人、知己《ちき》かと思っていたら師匠《ししょう》と弟子の関係にあったようだ。それも二人の様子を見るに、既《すで》に師弟関係を解消していると思ってよさそうだ。

フーゴの絵は前に画帳を貸してもらったときに素描《そびょう》をいくつか見ているが、誰かに師事する必要もないほど卓越《たくえつ》していた。たとえそれがユグドリス随一《ずいいち》と呼ばれる画家であったとしてもだ。

あれ？　とアルマはようやく気がついた。

「どうしてデュムラー卿《きょう》がここにいらっしゃるんです？　ま、まままさか……」

さあーっと血の気が引く音を聞いた気がした。

「もちろん。私も殿下の花冠画家にしていただこうと思いまして」

「ええっ!?　だってデュムラー卿、既に花冠画家になってるじゃありませんか！」

「テオドシウス陛下《へいか》の花冠画家にはなれましたが、次の王の花冠画家の席には確約がありませんからね」

おそるべきことに二代続けての「王の花冠画家」を狙《ねら》っているらしい。

「な？　この旦那タチ悪いだろ？」

フーゴが親指で元師匠を指してうんざりと言う。確かにこれは同意せざるを得ない。

「ここは後進に譲《ゆず》るべきところだろうに、どんだけ欲張りなんだよ。あ、先に言っとくけど、ハインリヒ殿下の左手は俺だかんな？　ディードリヒ殿下はなんか真面目《まじめ》でつまんなそーだから」

「は!?」

思わず変な声をあげてしまったアルマを余所《よそ》に、エーファルトが困り顔で嘆息《たんそく》する。

「私もハインリヒ殿下がよいのですが……殿下には命を救われてますし」

「ちょ、ちょっとデュムラー卿まで!?」

かたやユグドリス随一の肖像画家で〈色彩の魔術師〉、かたや知名度はないが実力は師匠に匹敵《ひってき》する若き天才画家。

その二人がハインの第二花冠画家を狙っている？

（二人のうちどっちがハイン様の花冠画家になったとしても、わたしの出る幕なんてないじゃない！）

絶望するアルマを余所に、フーゴが両腕を広げて天を仰《あお》いだ。

「つかー、これだよ。つか〝次の王の花冠画家〟を狙うんだったらディードリヒ殿下の方がいいんじゃねえの？　王太子に近いのはあっちじゃなかったっけ」

「神懸かりを召し抱えた王族で王位を継《つ》がなかった……もとい継げなかった者は、歴史的に見ても先王の退位前に神懸かりを暗殺されたフリードリヒ王子だけです。その点を踏まえれば、アルマさんを花冠画家にしたハインリヒ殿下が次の王でしょう」

「ふーん。ま、どっちにしろあんたは陛下の方を切らないかぎり〝契約《けいやく》の絵筆〟は使えねえと思うけど？」

「しまった、私としたことが……！」

なぜかショックを受けるエーファルトと呆れ顔のフーゴをアルマは交互に見つめた。

「フーゴくん、『陛下を切る』ってどういう意味？」

「あんた知らないのかよ」

フーゴは軽蔑《けいべつ》の目を向けつつも、丁寧《ていねい》に説明してくれた。

「契約の絵筆ってのは、一人の画家に二つの薔薇……契約の証《あかし》を描くことを許さねえらしいんだよ。たとえばハインリヒ殿下の手に薔薇を描いたとして、その後にディードリヒ殿下の手に薔薇を描くと、最初に描いたハインリヒ殿下の薔薇が消えちまうんだとさ」

「そうだったの……」

確かに魂と精神を捧げる相手が二人もいては不誠実だろう。

「だから、エーファルトの旦那は陛下との花冠契約を無効にしないと、どっちの殿下の手

にも薔薇は描けないってわけ。諦《あきら》めろよ旦那」

フーゴが元師匠を見やってうすら笑う。

だが弟子に軽《かろ》んじられても、エーファルトは揺るがなかった。

「何を言っているのです、フーゴ。まだハインリヒ殿下やディードリヒ殿下がここで花冠画家を選ぶと決まったわけではありません。適任者がいなければ先送りになるのは必至。特にハインリヒ殿下はアルマさんを花冠画家にお選びになったばかり。アルマさんのことを思えば、こんなに早く次の花冠を選ぼうとはなさらないでしょう。ねえアルマさん、あなたもハインリヒ殿下が二人目の花冠を召し抱えるのはお嫌《いや》でしょう？」

「もちろんです！　けど……」

肯定《こうてい》しつつも、言いよどんでしまう。

エーファルトは人畜無害《じんちくむがい》を絵に描いたような笑顔だ。だがそれがなぜかものすごく怖《こわ》い。悪魔が乗り移っていたときより危険度が増している気がしてならなかった。

「アルマさん。ともに協力して、ハインリヒ殿下が二人目の花冠を召し抱えるのを阻止《そし》しようではありませんか」

「そ、そうですね……」

どうしよう。この人案外腹黒い。

笑顔の迫力《はくりょく》に気圧《けお》されかけていると、軽やかな呼び声が耳に飛び込んできた。

「アルマ様っ、やっぱりいらっしゃってましたのね！」

人混みの奥の方から、栗色の髪の令嬢《れいじょう》がドレスの裾《すそ》を翻《ひるがえ》しながら駆け寄ってくる。ベアトリーセだ。

「ベアトリーセ様！」

アルマは思わず目を瞠《みは》った。

ベアトリーセは胸元が大きく開いた華《はな》やかなドレスに身を包んでいる。

いや、包んでいると言っていいものだろうか。胸元で大きな胸が弾《はず》んでいて、ドレスから飛び出してきそうだ。ドレスの寸法が合っていないのではないだろうか。

「ごきげんよう、アルマ様！　さあさあ、そんなむさくるしいところにいらっしゃらないで、こちらにいらして！」

「あ、ちょっと……」

強引に腕を引かれながら、あれ？　とアルマは違和感《いわかん》を覚えた。

手首を掴むベアトリーセの手が、意外としっかりしていたからだ。たくましいとまではいかないものの、深窓《しんそう》の令嬢の手とは思えない。

（なんだか、働き者の手みたいな……？）

人気《ひとけ》の少ない窓際《まどぎわ》まで辿《たど》りつくと、ベアトリーセはアルマの手を放して振り向いた。

「アルマ様、どうしてこちらに？　やっぱり、愛《いと》しい王子様が運命の相手を決めるとなっては、未来の花嫁としてもじっとしてはいられませんでしたの？」
「あの、わたしは未来の花嫁では……」
「あらっ、でもわたくし、聞きましたわよ？　アルマ様、元婚約者と破談《はだん》になったあとも
カトリーネ様のもとで花嫁修業《しゅぎょう》を続けてらっしゃるんでしょう？　それって、ハインリ
ヒ様との結婚を見据《みす》えてではありませんの？」
「違います！　単に実家に戻るのも体裁《ていさい》が悪いので……」
さらに言えば、ハインリヒとカトリーネがアルマの兄サムエルを丸め込み、土産《みやげ》代わり
に持たせた書状で実家の父をも説得した結果だった。
いや、本当に説得だったのかどうかも怪《あや》しいものだ。あの分厚《ぶあつ》い書状の束に何が書かれ
ていたのか、そもそも中身は本当に手紙だけだったのか、アルマは知らないのだ。
「それより、どうしてこんなことを？　ハイン様が二人目の花冠画家を選ぶとおっしゃっ
たわけじゃないのに、勝手に選考会を開かれるなんて……」
「ごめんなさい、アルマ様。わたくし、どうしてもあなたたちのことが心配で、いてもた
ってもいられなくなって……迷惑でしたかしら？」
琥珀《こはく》色の瞳《ひとみ》が潤《うる》むのを見て、ぎょっとする。
正直に言えば迷惑だったが、はっきり告げるのは憚《はばか》られた。
「いえ、その……ちょっと、不思議に思っていたんです。わたしとハイン様の仲がどうこ

うなったところで、ベアトリーセ様にはなんの得にもならないでしょうし。なのにごうい……もとい、積極的なことをされるから」

ベアトリーセの目元が一瞬ぴくりと痙攣《けいれん》した。が、すぐさま扇を開いて顔を半分ほど隠《かく》し、よよよ、と困り果てたそぶりをする。

「決まっていますわ。わたくしのせいでお二人が不幸せになるなんて、本意ではありませんもの」

「別にハイン様とベアトリーセ様が結婚しても、わたしは特に不幸せにはなりませんが」

彼女がハインと婚約する前からアルマは愛人志望である。

第一王子の妃になった自分の姿なんて想像がつかないし、そもそも単純に王族の妻という立場に憧《あこが》れがないのだ。

仮にハインが妃を二、三人娶《めと》ったとしてもなんとも思わない。むしろ、身近に美人が増えるのならば願ったり叶《かな》ったりだ。

それを正直に告げると、ベアトリーセはくわっと目を見開いて詰め寄ってきた。

「んまあああ、何をおっしゃいますの！」

「べ、ベアトリーセ様？」

「アルマ様、王位を継ぐ可能性が高い王子の妃がいかに素晴《すば》らしいか、もっとよくお考えになるべきですわ！　本来は既成《きせい》事実を作ってでも逃《のが》すべきではないんですのよ？」

「き……既成事実？」

またも乙女の口からあるまじき言葉が飛び出してきた。

「百歩譲って王族の正妻となるのが面倒《めんどう》でらっしゃったとしても、殿下のことを愛してらっしゃるんでしょう？　愛する人を独占《どくせん》したいという気持ちはありませんの？」

「あんまり――」

「――いいえっあるはずですわ！」

ベアトリーセは大きな声で掻《か》き消し、アルマの発言をなかったことにした。

「王子と花冠画家というお二人の関係が障害《しょうがい》となっているのなら、なんとしてでも二人目の花冠画家を召し抱えていただかなくては！　……まあこの際、ディードリヒ殿下の一人目でもいいんだけど……」

「え、いまなんて？」

「こっ、こちらの話ですわ！　そうそう、忘れるところでしたわ……アルマ様にこれを」

何事かと思って見ていれば、ベアトリーセはふくよかな胸元に指を差し込んだ。

貴族の令嬢らしからぬ色っぽい所作《しょさ》にぎょっとしていると、そこから二本の指で何かを摘み出す。小さな硝子瓶《ガラスびん》だった。

「ここぞというときにお使いになるとよろしいですわよ」

ベアトリーセはアルマの手をとって、ぎゅっとその小瓶を握らせた。

手に取って傾けてみると、透明《とうめい》な容器の中に青く色づいた液体が入っている。香水でも香油でもなさそうだ。

「これ、何ですか？」

「殿方《とのがた》をギンギンにする薬ですわ」

「……は？」

意味がわからない。ギンギンってなんだろう。

しかし視線で訴《うった》えても、ベアトリーセはにこにこと満面の笑みで見つめ返してくるだけだ。視線が、察しなさい、と質問を拒絶《きょぜつ》している。

なので、一人で考えてみた。

（ギンギン……目がギンギン？　あ、眠気覚まし？）

眠気覚ましが必要になる「ここぞというとき」とはどんなときなのだろう。

「飲ませても肌に塗《ぬ》っても効果がありますわ。目安は数滴《すうてき》ってところですわね。多少匂いがしますから、服用させる場合は香りの強いものに混ぜることをおすすめしますわ」

「あの、でも」

「本来は使わずにすむに越したことはないんですけれども、男はいざとなると頼りにならないものですわ。急に怖《お》じ気《け》づいてしまうこともありますもの。そんなときにはこれ！　数分でやる気がみなぎってきますわよ」

「はあ」

受け取りを拒否できる雰囲気ではなさそうだ。

もう一度手の中の小瓶を眺《なが》めてみる。眠気覚まし薬なら、いつか役に立つかもしれない。

（官展の締《し》め切り直前で眠ってらんない時期とか……あ、でもこれ、殿方をっておっしゃってたっけ。男性にしか効かないってこと？　そんな眠気覚ましってあったんだ）

よくわからないが、せっかくの厚意を無下《むげ》にするわけにもいかない。

「ありがとうございます、ベアトリーセ様」

「ご健闘《けんとう》をお祈《いの》りしておりますわ」

ベアトリーセは大輪《たいりん》の薔薇のような笑顔で言う。

父親のバルテルスともども、彼女がアルマたちに何かを隠していることはあきらかだ。

それでも悪い人に見えないのは、自分に人を見る目がないからなのだろうか。


「ねえハインリヒ八世、これってどういうことだと思う？」

アルマは木炭を動かす手を止めて、モデルの骨格模型に問いかけた。

当たり前だが返事はない。

アトリエに持ち込んだ長椅子《ながいす》に腰掛《こしか》けさせられたハインリヒ八世は、虚《うつ》ろな闇《やみ》を湛《たた》えた眼窩《がんか》で見つめ返してくるだけだ。

カトリーネを晩餐会《ばんさんかい》へ送り出したあと、アルマは夕餉《ゆうげ》をすませてすぐにアトリエにこもって肖像画制作を再開していた。

しかし、どうにも雑念に囚《とら》われて制作に集中できない。気分転換にハインリヒ八世を描いてみるなどしてみたが、調子は戻らないままだ。

「ベアトリーセ様とバルテルス侯爵の目的って、なんなのかしら」

王宮についたばかりのベアトリーセが大々的に選考会という名のパーティーを開けたのは、バルテルスの力があってのことだろう。父親も共犯と見ていいはずだ。

「でも侯爵は派閥《はばつ》をまとめあげるためにもハイン様とベアトリーセ様を結婚させたいのよね？　って、あれ？　結婚させたいのは陛下だっけ？　……だとしても普通、娘を王子様の婚約者にって別段悪い話じゃないわよね？」

自分のことは棚《たな》に上げて首を傾《かし》げる。

「あ、本当はディードリヒ殿下の方と婚約させたかったとか」

ディードリヒは王太子と目されている人物だ。少しでも野心がある者ならば、娘を嫁《とつ》がせる相手はハインよりディードリヒの方がいいと考えるだろう。

「でもディードリヒ殿下が婚約したくないって言ったから、ハイン様に変更になってしまった、それが不本意だったとか……それにしてはベアトリーセ様、画家に囲まれたディードリヒ殿下のことをまったく気にかけてらっしゃらなかったけど……」

もしベアトリーセがディードリヒとの結婚を望んでいたのだとしたら、画家の波に埋もれたディードリヒを放置しないはずだ。

はあ、とため息を零して、アルマは画帳を閉じた。

これ以上、物言わぬハインリヒ八世相手に話しかけてもしょうがない。

画帳を丸テーブルの上に置くと、アルマは長椅子に座らせたハインリヒ八世はそのままにアトリエを出た。廊下《ろうか》を抜けて〈翡翠の宮〉を後にする。

外は夜の帳《とばり》が落ちてすっかり暗くなっており、庭園の方からは晩餐会を抜け出した貴人たちの軽やかな笑い声が聞こえている。

晩餐会にはハインも参加しているはずだが、そろそろお開きという時間帯だ。途中で切り上げて執務室《しつむしつ》にこもっているかもしれない。

執務室の前まで辿りつくと、アルマは扉越しに声をかけた。

「ハイン様、いらっしゃいますか？　わたしです、アルマです」

「入れ」

疲れた声で返事があった。やはり仕事に戻っていたようだ。

アルマは、失礼します、と言って扉を開けて中に入った。

ハインは机に向かって書き物をしている。机上にうずたかく積まれているのは法律関係の書物ばかりだ。背表紙には『王令《おうれい》』『王室典範《てんぱん》』などの文字が窺《うかが》える。

「何か用か？」

話しながらもペンを握った手は動きつづけ、顔を上げもしない。

素《そ》っ気《け》ない態度に、アルマははたと思い当たった。

（そ、そういえばわたし、ハイン様と痴話喧嘩中だった！　いや待って、まだ痴話喧嘩と決まったわけでは……）

「湯浴《ゆあ》みなら結構《けっこう》だ。薔薇風呂なんぞ二度と入らん」

どうやら根に持っていたらしい。

「いいえ、ちょっとご相談がありまして。ベアトリーセ様のことです」

ペン先が紙を引っ掻く音が止まった。ハインが顔を上げる。

「何かわかったのか？」

「花冠画家選考会のときに気がついたことがいくつか……でも相変わらずわからないことばっかりで、それでご相談したいんです。お邪魔《じゃま》でしたら出直しますけど」

「いい。聞こうか」

ハインは力のない声で言うと、目元を指で揉《も》みほぐした。だいぶ疲れが溜《た》まっているようだ。少しやつれた顔を見て胸の奥がきゅっと痛んだ。

「少しお休みになられてはどうですか」

「いま寝たら朝まで起きない自信がある」

「でも……」

「暇《ひま》なら茶を淹れてきてくれないか？　目が覚めそうなやつを頼む」

でも、ともう一度言いかけて、言葉を呑み込んだ。

本当は休養を取ってほしいのだが、言ったところで聞いてはくれないだろう。それなら少しでも早く仕事を終わらせて、ゆっくり休んでもらった方がいいのかもしれない。

「かしこまりました。すぐにお持ちします！」

「急がなくていいから。転ぶなよ」

苦笑まじりの声に見送られて、アルマは足早に執務室を出ていった。


厨房《ちゅうぼう》で湯を沸《わ》かしている間に、アルマは大急ぎで宮殿の裏にある薬草園へ向かった。

百種類以上の薬草と香草が育てられている温室だ。用途《ようと》に応じて部屋分けされており、一番手前の香草エリアだけは侍女や女官でも自由に行き来できる。

真っ暗で不気味《ぶきみ》な温室で、角灯《ランタン》を片手に目当ての香草を探す。

ほどなくして、ペパーミントとレモンバーム、タイムを見つけた。

若い葉を丁寧に鋏《はさみ》で刈り取っていく。ローズマリーも入れてみようかと一瞬迷ったものの、匂いがきつくなるのでやめておいた。

香草を数枚ずつ刈り取ると、大急ぎでまた厨房に駆け戻る。

ちょうど湯が沸いたところだった。ティーポットに紅茶葉をスプーンで二杯入れ、その上に生のペパーミントとレモンバーム、タイムをわさっと載《の》せ、熱湯をたっぷりと注《そそ》いだ。ティーポットの中で鮮やかな色の葉がくるくると回りだす。

こんなお茶で喜んでもらえるだろうか、とふと心配になった。

生憎《あいにく》と自分は薬草には疎《うと》い。ペパーミントは頭をすっきりさせるとか、レモンバームには気持ちをほぐすとか、タイムには強壮《きようそう》効果があるとか、その程度の知識しかない。

(やっぱりローズマリーも入れた方がよかったかしら。でも癖《くせ》が強いし……)

闇雲《やみくも》にブレンドなんかしたら、飲めたものではなくなりそうだ。

他に何かないかと悩んでいると、ふとベアトリーセにもらった小瓶を思い出した。

(確か、目がギンギンになるとかって)

正しくは「殿方をギンギンにする」なのだが、アルマは間違って記憶していた。

(数分でやる気がみなぎってくるとも言っていたわよね)

早くも眠気覚まし薬が役に立つときが来たと思い、お仕着せの隠しポケットから小瓶を取り出した。手のひらの上で眺めてみる。

透明な硝子瓶に入っているのは、ほんのりと青い色をした液体だ。試しに指先に一滴垂《た》らしてみると、かすかに甘い匂いがした。ぺろりと舐《な》めてみるが、特に味はしない。

（確か、目安は数滴って言ってたっけ）

大丈夫《だいじょうぶ》そうなので、ティーポットの中に数滴垂らして蓋《ふた》をした。

ティーセットを載せたワゴンを押していき、執務室の前でまた一声かけてから中へ入る。

「お待たせしました。すぐにお淹れしますね」

「ん。頼む」

ハインはまたも目元を揉みほぐしながら長椅子に移動する。

ほどよく色づいた紅茶をティーカップに注いでテーブルに置くと、ハインはそれを手に取って少し顔を近づけ、眉《まゆ》をひそめた。

「ペパーミントとレモンバームと……あとなんだ？」

「タイムも入っています。お嫌《きら》いでしたか？」

「いや、いい気つけになりそうだ」

ハインがティーカップに口をつけて音を立てずにすする。

「いかがでしょうか？」

「まあ、悪くない」

物言いはぶっきらぼうだが、表情が少しだけほぐれている。

「そういえば話があるんだったな。ベアトリーセの何がわかったんだ？」

　とたんに緊張感《きんちょうかん》を覚えて、アルマは慌てて居住まいを正した。

「その、たいしたことではないかもしれませんし、わたしがそう思ったというだけで完全に主観なのですが」

「いいから言え」

　またカップに口をつけつつ促してくる。意外とお気に召したらしい。

「バルテルス侯爵とベアトリーセ様は共通の目的で動いていると考えていいと思います。それと、ベアトリーセ様はなぜか花冠画家の選定を焦っているようでした」

「焦っている？　僕が二人目の花冠を召し抱えるのを？　それとも僕とアルマの仲を進展させるのをか？」

「たぶん両方です。わたしがそう感じただけかもしれませんが……それに、わたしにはやっぱりベアトリーセ様が何か悪いことを企んでいるようには見えないんです」

「まあ、ベアトリーセは美人だからな」

　アルマが美人に弱いことを指して言ったのだろうが、胸の奥に小さな痛みが走った。

（何、いまの感覚。ベアトリーセ様が美人なのも、素晴らしい巻き髪の持ち主なのも、妖精《ようせい》の姫のようにお美しいのも周知の事実じゃない。なんの文句もないはずでしょ）

　なのになんだろう、この胸の奥にあるしこりのようなものは。

一人悶々《もんもん》としていると、突然腰に腕を回されて抱き寄せられた。

アルマが立っていてハインが座っているせいで、彼の顔がお仕着せのお腹《なか》のあたりにうずまる格好《かっこう》になってしまう。

「あ、あの？」

「何を緊張している？　僕とおまえの仲だろうに」

うっ、と漏らしかけたうめき声を、すんでのところで呑み込む。

「別に緊張しているわけでは……」

「怒っているのか？」

「まさか！　わたしはむしろ、ハイン様を怒らせてしまったのではないかと……」

言いながら、現在の体勢が気になってしかたない。

さっきからハインはアルマのお腹に顔をうずめたままなので、声は直接お腹に響いてくる。それがなんとも気恥《きは》ずかしくて、拍動が速まってきてしまう。

すると、くつくつと今度は笑い声が響いてきた。

「ひ、人のお腹で笑うのはやめてくださいっ」

「くっくっ、ああ悪い悪い」

腰にしっかりと腕を回したまま、顔を上げて見つめてくる。

笑ったせいか少し潤んだ翡翠の双眸と、どこか寂《さび》しげな微笑。そして甘えられているかのような体勢に、胸の奥がとくんと一際《ひときわ》大きく跳《は》ねた。

「そうか。怒っていると思われていたのか。自分では普通に振る舞っているつもりだったのだが。鈍感《どんかん》だと思っていたが、意外とよく見ているんだな」

「……これでも画家ですから」

「本当はカトリーネにでも言われたんだろう」

ばれている。

正確にはカトリーネではないのだが、似たようなものだろう。

「レネに言われちゃったんです。最近いちゃ……スキンシップをとっていないのは喧嘩したからじゃないかって」

さすがに自分の口から「いちゃいちゃ」などと言えず、表現を変更する。

「そんなことだろうと思った。誤解させたなら悪かった。おまえ相手に意地を張ってもしかたがないのにな。突き放した態度を取った手前、いままでみたいに触《ふ》れるのも格好悪い気がしてしまった……軽蔑したか？」

「そんなこと！」

アルマはぶんぶんと頭を横に振った。

「わたしこそ、ハイン様を傷つけてしまって顔向けできないと思ってました。き、嫌われても、しかたないと思っていましたのに……」

「嫌うわけがない——おいで」

ハインに腕を引かれて、またいつかみたいに彼の膝の上に腰掛ける。

とても恥ずかしいのに、なぜだろう、いまは嬉しいという気持ちの方が強い。

(わたし、寂しかったのかな)

相変わらず触れられると鼓動《こどう》は乱れるし顔は熱くなるけれど、いつの間にか彼との触れあいが当たり前になっていたのかもしれない。

「なるほど」

ハインが得心したように呟《つぶや》き、また喉の奥で笑う。

「軽蔑したのではなく、寂しかったわけだ?」

瞬間、アルマの顔面が沸騰《ふっとう》した。

「な、な、なんでそんな……そんなわけが、あるわけ……わけが!」

我ながら何を言っているのかさっぱりわからない。

「図星《ずぼし》か。わかりやすいのがおまえのいいところだ」

意地悪く囁《ささや》いて、唇《くちびる》を塞《ふさ》がれる。ほのかな香草茶の香りが鼻腔《びこう》を掠《かす》めた。

熱く甘やかな口づけはしばし続き、ややあって、はぁ、と息を漏らして唇が離れた。

「不思議だ。おまえの唇はこんなに甘かったか……?」

さきほど沸騰した顔面が今度は爆裂四散《ばくれつしさん》した。気がした。

「な、な、何を、おっしゃ……」

「はちみつでも塗っているのか？　いや、そんなことはないか」

大きな手がアルマの頰《ほお》を撫で、硬《かた》い親指が下唇を左から右へとつうっとなぞる。

翡翠の双眸は熱っぽく潤み、至近距離《きょり》から覗き込んできている。もうそれだけで頭の芯《しん》がじんと痺《しび》れ、速まりすぎた拍動に耐《た》えかねて心臓が飛び出してきそうだ。

「ここ数日していなかったせいか？　甘くて柔《やわ》らかくて、まるで魔性《ましょう》の果実だ。かぶりつかずにはいられないし、できるなら永遠に味わっていたい……」

「…………っ⁉」

この人、こんな恥ずかしいことを言う人だっただろうか。

激しく動揺《どうよう》しつつも、頭の奥にいる冷静な自分が疑問を投げかけてくる。

どちらかというとけなしたり罵《ののし》ったり突っ込みを入れたりするのが主《おも》で、乙女が夢見るような甘い囁きとは無縁《むえん》の人だと思っていたのだが。

(何かおかしなものでも口にされたんじゃ……？)

その「口にしたおかしなもの」に辿りつくより早く、ハインが唇を寄せてきた。アルマは思考を打ち切って、慌てて瞼《まぶた》を閉じて待ち受ける。

しかし、一秒、二秒と待っても唇は触れてこない。

五秒ほどで違和感を覚え、十秒経つ頃には不審《ふしん》に思えて目を開ける。

ハインはなぜか背中を窮屈《きゅうくつ》に丸めて深く俯《うつむ》いていた。顔は見えないが、両肩が何かに耐えるように小刻みに震《ふる》えている。

「？　どうか、されたんですか？」

「アル、マ……っ」

顔を上げず、苦しげに声を絞《しぼ》り出して訊《たず》ねてくる。

「さっきから、おかしな感じはしていたのだが……ね、念のために聞いておきたい。さっきの茶は、いったいなんだ？　何か、入れたか……？」

「紅茶と香草のブレンドですけど。ペパーミントとレモンバームとタイムと……あ、眠気覚ましを少し入れてみました」

「眠気覚ましだと……!?」

ハインが顔を振り上げる。白い肌が湯浴みでもしたかのように上気している。

「はい。ベアトリーセ様にいただいたんです。なんでもギンギンになるお薬だそうで。それで目が覚めればと思いまして」

「ギンギン!?　おまえ、それ絶対意味が……うっ！」

「も、もしかしてお体の具合が!?　わたし、なんてことを！」

血の気が引く思いがした。もしかしたら薬が彼の体質に合わなかったのかもしれない。

急いで膝から下りようとしたアルマを、ハインは力強く抱きしめて引き留めた。

「動くんじゃない！」

「でも、お医者様を呼んできませんと……」

「下りてはダメだ！　というか頼むから動かないでくれ、いまはまずい！　身じろぎ一つするな！」

ハインの声は上擦《うわず》っており、こめかみから頬へと冷や汗が幾筋《いくすじ》も伝っている。心なしか呼吸も荒《あら》くなってきていた。

あきらかに変調をきたしているというのに、制止する力は強く、必死だ。

「どうして動いちゃいけないんですか？」

「言いたくないし言わせないでくれ！　くっ、叫《さけ》んだせいでまた……」

はあ、はあ……と荒い呼吸を整え、ごくりと生唾《なまつば》を飲み下す。

「確かにこの状況は分が悪い。誘惑《ゆうわく》されつづけているようなものだ。新手の拷問《ごうもん》だ」

「よくわかりませんが、やっぱりわたし下り……」

「――動くなッ！」

引き留めてくる腕の力は尋常《じんじょう》ではない。こめかみには青筋まで浮かんでいる。背中を丸めた体勢から下腹のあたりが痛いのだろうと推測はつくが、呼吸の荒さが気になった。

「……ふー、ふーっ……！」

「あの、絶対に大丈夫じゃないですよね!?　お医者様を呼びましょう！」

アルマは泣きそうだった。自分のせいでハインが体調を崩《くず》してしまったのならどうにかしたいのに、彼自身が頑《かたく》なにそうさせてくれない。膝から下りさせてもくれない。

「医者はダメだ！　が、確かにおまえを下ろした方がよさそうだ……」

「では」

体を動かそうとした瞬間に、がっしりと手首を掴まれる。

「待て！　その前に、いくつか約束してほしいことがある」

「なんですか？　なんでもおっしゃってください！」

「僕が『いい』と言ったら、目を瞑《つぶ》ってここから下りろ。そして僕に背を向けたら目を開けて、絶対に、何があっても振り返らずに廊下に出るんだ」

東方の神話に似た話があった気がしたが、状況が状況なので口を挟《はさ》まないでおく。

「そして明日まで僕に近づかないでくれ。絶対にだ。念を押すが医者は呼ばなくていい。何の薬かは見当がついているし、効能も知っている。人体には無害な薬だ。少し休めばすむ……約束してくれるか？」

「は、はい」

ここまで必死に訴えられては、納得《なっとく》できなくても頷《うなず》くしかなかった。

「よし……いいぞ」

腰から腕が離れる。アルマは言われたとおり目を瞑ってハインの膝から下りた。

その際、うっ……と小さなうめき声が聞こえた気がしたが、約束しているので目は開けなかった。彼に背中を向けてから目を開け、振り返らずに走って扉に向かう。

「それでは失礼します！　あの、でも本当に……」

「黙《だま》って出ていけ!!」

「はいぃっ、失礼しました！」

さきほどまでの甘い雰囲気はどこへやら、最後は怒鳴《どな》り散《ち》らされて、アルマは逃《に》げるように執務室を飛び出した。


ぱたんと背中で扉を閉めた後でも、乱れた拍動は収まらなかった。

「本当にお医者様を呼ばなくていいのかしら……」

ハインはアルマが入れた薬が何か知っていると言っていた。人体に有害なものではないそうだが、あんなに苦しそうにしているのに放っておいて大丈夫なのだろうか。

「医者って？」

独り言に対する問いかけに、アルマは仰天《ぎょうてん》して振り向いた。

銀髪の貴公子が廊下に立ち止まり、こちらを不思議そうに見つめている。

整った顔立ちもさることながら、その艶《あで》やかさに目を奪《うば》われる。

睫毛《まつげ》に縁取られた榛色の双眸《そうぼう》に、右の目元の泣きぼくろ。わずかに綻《ほころ》んだ薄い唇にはどこか蠱惑的《こわくてき》な品がある。長い銀髪を無造作《むぞうさ》に背中へ垂らしているのも、気怠《けだる》げな雰囲気はあるものの不精《ぶしょう》には感じない。

穏《おだ》やかな物腰から少し跳ねた髪先、クラヴァットの結び方に至るまで、計算され尽くした色気を漂《ただよ》わせている。

「……男の色気部門……」

「いまなんと？」

「いえ、こっちの話です」

アルマは慌てて取り繕《つくろ》ったが、貴公子はわずかに含み笑いを浮かべて、値踏《ねぶ》みするような視線を向けてくる。

「ふうん。ハインリヒがどうかしたのかね？」

王子であるハインを呼び捨てだ。そのわりに、口調《くちょう》にも気品が感じられる。

アルマは慌てて頭の中で貴族名鑑を引っ張り出した。ハインに年齢が近く、血筋も王家に近い人物。すぐに先王イェレミアスの忘れ形見だと思い至った。

「いえ、なんでもありません、オトマール様」

オトマールはハインの父方の従兄《いとこ》だ。先王イェレミアスはテオドシウスの実兄で、一人息子のオトマールが産まれる前に落馬事故によって崩御《ほうぎょ》している。

現在はモーゼス公爵《こうしゃく》となり、国内外を飛び回ってその血統と人当たりの良さを活かし、一部の王侯貴族たちから絶大な信頼を得ている。

そんな彼が先日失脚《しっきゃく》した某《ぼう》公爵ほどの影響力《えいきょうりょく》を持っていないのは、まだ二十四歳という若さだけでなく、先王が暗君だった影響もあるだろう。世が世なら王子か王だったと思えば、不遇《ふぐう》の人という印象だ。

「私を知っているようだね。それにしても、こんな可愛らしい花冠画家を追い出しておいて、なんでもないというわけはないだろう。可哀想《かわいそう》に」

社交辞令だとわかっていても、可愛らしいという言葉に恥ずかしくなってしまう。

「お、オトマール様こそ、わたしをご存じなんですね」

「王宮にいて君を知らない者などいないよ、神懸かりの乙女」

そう言ってオトマールはアルマの手を取ると、甲に唇を落とした。

（ひぃぃぃーっ！）

内心悲鳴をあげたのは、口づけ方にねちっこいものを感じたからだ。

この貴公子、見た目も態度も妖艶《ようえん》すぎる。正直手を振り払いたかったが、無礼になるので必死で我慢《がまん》した。

オトマールは唇を手の甲に寄せたまま、上目遣《うわめづか》いで見つめてくる。

「可愛らしい手だ。このたおやかな手に神が宿り、奇跡《きせき》を起こすのかと思うと、このまま永遠に握りしめていたくなる」

「永遠に握りしめられたら何も描けなくなってしまうのですが……」

名残惜《なごりお》しそうにもう一度口づけてから、オトマールはようやく手を離した。

アルマは自由になった右手を、左手でかばうように握りしめる。鼓動がどくどくと乱れ
ている。この公爵、かなり心臓に悪い。

「は、ハイン様にご用でしたら、いまは誰ともお会いしたくないそうですよ」

「私がハインリヒに用？　なぜそう思うのかね？」

「えっ、それは、ハイン様の執務室ですし」

たまたま通りかかっただけだったのだろうか。それにしてはタイミングがよすぎる。

「私は君がここにいると聞いて来たのだよ。実は三日前に帰国したばかりでね。噂の神懸
かりをどうしてもこの目で見ておきたくて、晩餐会を抜け出してきてしまった。予想外に
可愛らしくて驚いたよ。ハインが恋に落ちるわけだ」

顔を覗き込んで、熱っぽく見つめてくる。

余裕のある榛色の眼差しに捕《と》らわれて、目を逸らしたくてもできない。

（なぜかしら……ものすごい美人なのに、あんまり目に焼きつけたいって気がしない……）

自分の中の小さな変化に戸惑《とまど》う。

ふわりと漂う甘い匂いは、麝香《ムスク》だろうか。珍しい香水でもないのに、なぜかものすごく

危険な香りに感じられた。

「そ、そうですか。でしたらすいません、わたしはもう戻らないといけませんので」

「おや、もう行ってしまうのか。残念だ。女官の仕事の方かな？」

「……はい」

本当は女官の仕事は終わっており、アトリエに戻って肖像画制作に取りかかりたかったのだが、そう答えたらついてきてしまいそうなので予定を変更する。

「ならば宮殿の前まで送ろう」

「そこまでしていただくわけには……」

「君はもっと自分の価値を理解するべきだな。神懸かりはユグドリスの宝だよ。そうでなくとも君はこんなにも可憐《かれん》なんだ。案じる男の気持ちも汲《く》んでくれたまえよ」

「は、はあ……」

「さあ行こうか」

さりげなく腰に腕を回して、やんわりと先を促してくる。

（間合いに入ってくるのが早すぎませんか……）

ハインと出会ったときはどうだっただろうか、と記憶の底をひっくり返してみる。彼のときは確か、いきなり肩に担《かつ》がれたのだった。どっちもどっちかもしれない。

「どうかしたのかい？」

「な、なんでもありません」

手を振り払うわけにもいかず、アルマは戸惑いながらも受け入れるしかなかった。


どこからか響いてくるフクロウの鳴き声が、今夜はやけに耳についた。

暗闇《くらやみ》の中でごろんと寝返りを打つと、アルマはぱちりと目を開けた。

（ぜんっぜん、眠れないわ）

〈紅玉の宮〉の女官部屋に戻って寝床《ねどこ》についてから、早一時間。

決して寝つきが悪い方ではないはずなのに、今夜に限っては睡魔《すいま》は一向に訪《おとず》れない。それどころか今日の出来事が次々と脳裏に蘇《よみがえ》って、逆に目が冴《さ》えていく一方だ。

オトマールの色気に当てられたのだろうか。それとも、ベアトリーセにもらった眠気覚まし薬を一口舐めてしまったせいだろうか。

（でもあれって男性にしか効《き》かない薬なのよね？　はっ、まさかわたしの乙女力が足りないせいで、男性にしか効かないはずの薬が効いてしまった……!?　ど、どうしよう、そのうち髭《ひげ》が生えてくるかも……）

考えれば考えるほど眠気は飛んでいく。

アルマは寝台から抜け出すと、足音を忍ばせて窓辺に近づいた。相部屋のレネは熟睡《じゅくすい》中で、気持ちのよさそうな寝息を立てている。起こしてはまずい。

音を立てないようにそっと鎧戸《よろいど》を開ける。

月が大きいせいか外は案外明るかった。月明かりを頼りに手鏡《てかがみ》を覗き込むと、いつもと変わりのない自分の顔が映った。大丈夫、まだ髭は生えてきていない。

ほっと安堵《あんど》の息をついて、もう一度鎧戸を閉めようとしたときに、宮殿の外を見回る兵士の影が目に入った。

(そういえば、警備に穴があるとかっておっしゃってたっけ)

昼間、ハインはミラルダ宮周辺の警備に一時的に穴ができることを気にかけていた。月の高さと星座の位置を見るに、そろそろくだんの時間帯だ。

ハインは放っておくと言っていたが、様子を見に行くくらいのことはしようとしていたかもしれない。もっとも、アルマが淹れた眠気覚まし入りのお茶を飲んで体調を崩したため、それもできなくなってしまった。

「……よし!」

アルマは意を決すると、寝間着《ねまき》を脱《ぬ》いで女官のお仕着せに袖《そで》を通した。

ハインが体調を崩してしまったのは自分の落ち度だ。彼が王宮の警備体制を気にしていたのなら、自分が彼の代わりに確かめに行こう。

なるべく物音を立てないようにして身支度《みじたく》を調《ととの》え、そっと部屋を出た。〈紅玉の宮〉を抜け出し、樹木や建物の陰《かげ》に隠れながら夜の庭園を移動していく。

ミラルダ宮の近くまで来ると、薔薇の植え込みの裏に身を潜《ひそ》めた。警邏《けいら》の兵士が欠伸《あくび》をしながら通り過ぎていくのを、息を殺してやり過ごしているときだった。

「何やってるの」

突然声をかけられて、心臓が口から飛び出すかと思った。

ぎょっとして振り返ると、さっきまで相部屋で寝息を立てていたはずの人物がいた。アルマと同様にしゃがみ込んで、感情の乏《とぼ》しい目で不思議そうにこちらを見つめている。

「レネ！　どうしてここに？」

「部屋を抜け出すのが見えたから。何してるの」

アルマはベアトリーセたちが警備の穴を作って何をしようとしているのか見極《みきわ》めに来たことを打ち明けた。案の定、レネは渋《しぶ》い顔をした。

「そんなの、アルマがすることじゃない」

「でもわたしのせいでハイン様は具合《ぐあい》を悪くしてしまったし……役に立ちたいの。レネはもう帰った方がいいわ。明日も早いんだし」

「私の鍵開《かぎあ》け術は必要ない？」

「今日は忍び込みに来たわけじゃないから。あっ……！」

アルマとレネは息を殺して、植え込みの草葉の隙間から様子を窺った。

黒っぽい、身軽そうな格好をした男たちが数人、ミラルダ宮の方へ近づいていくのが見えた。男たちは入り口の扉の前に陣取《じんど》ると、以前レネが使っていたのと似たような細い棒を二本使って鍵を解除し、宮殿の中に侵入《しんにゅう》していく。

「確かに鍵開けは必要なかった」

「あの人たち、窃盗団《せっとうだん》かしら？」

ミラルダ宮の収蔵品は、歴代の花冠画家や宮廷画家の手がけた名画ばかりだ。

闇市場に流れれば、熱狂的な蒐集家《しゅうしゅうか》たちによって法外な値段で取引されるだろう。

「わからない。これからどうする？」

「……とりあえず、誰か警備の人を呼んできた方がいいわよね。レネはここであの人たちの行動を見張っててくれる？」

「わかった」

「——それはやめてもらおう」

ふと頭上《ずじょう》から響いてきた野太い声に、全身が凍《こお》りつく感覚がした。

一拍遅れて振り返り、思わず息を呑む。

背後に、月光を遮《さえぎ》るようにして大きな人影がそびえ立つかのように佇んでいた。

癖の強い赤毛が、夜風に吹かれて不気味に揺れている。

かなり大柄な男で、長身のハインより頭一つぶん以上高そうだ。

筋肉質という点ではアルマの元婚約者と近いが、彼ほど筋骨隆々《きんこつりゅうりゅう》ではない。

それに身に纏う空気がまったく違う。トビアスは豪快《ごうかい》で人好きのする好漢だったが、この赤毛の男は人を寄せつけない空気を纏う美丈夫《びじょうふ》だ。研《と》ぎ澄《す》まされた大剣が人の姿を取ったかのようだ。

アルマはごくりと生唾を呑み下した。喉が渇《かわ》いて言葉が出てこない。

「女官がこんなところで何をしている」

赤毛の男が静かに訊ねてきた。猛禽類《もうきんるい》のような眼差しに射貫かれ、身動きがとれない。

即座に動こうとしたレネの手首を掴んで制止できたのは、奇跡に近かった。

「放して」

「ダメ。余計なことはしない方がいいわ……」

アルマはさらに強くレネの手首を握りしめ、小さく首を横に振ってみせた。

赤毛の男は腰に大振りの剣を提げている。使い込んですり減った柄《つか》を見るまでもなく、無駄《むだ》なく鍛《きた》えられ研ぎ澄まされた体つきや物腰から、ただ者ではないとわかる。小娘二人で太刀《たち》打ちできるとはとても思えない。

「賢明《けんめい》な判断だ。いまならまだ見逃してやれる。即刻《そっこく》立ち去れ」

「……わかりました」

「でも」

「いいから」

なおも渋ろうとしたレネを制止すると、軽く頭を下げてその場から撤退《てったい》した。

また樹木の陰を通って走りながら、肩越しにちらりと背後を確認する。

赤毛の男はさきほどの場所から一歩も動いていない。牽制《けんせい》するような眼差しと目が合ってしまい、アルマは慌てて顔を前へ向け、以降一度も振り返らなかった。

第三章　青と黄色の侯爵令嬢

花冠《かかん》画家選考会は二日目を迎《むか》えていた。

一回きりで中止になるかと思いきや、ベアトリーセは選考会を「王子たちに直接売り込む場」から、「審査員《しんさいん》の前で自身や自作の宣伝をさせ、評価の高かった者を王子たちへ口《くち》添《ぞ》えする」という方式に変更したらしい。

現在は審査員席に座ったバルテルス侯爵《こうしゃく》とベアトリーセの前で、若い画家が自作を並べ、自分がいかに花冠画家にふさわしいかを猛烈《もうれつ》にアピールしている。

そしてアルマはというと、選考会の行方《ゆくえ》が気になってしかたがなく、空《あ》き時間を見つけてはまた顔を出してしまっていた。

ハインの花冠画家の座を狙《ねら》っている画家がこんなにたくさんいる。

そう考えるだけで、いてもたってもいられないのだ。

「アルマ様っ、またいらしてくださったんですのね！」

Aブロックの審査が終了して休憩《きゅうけい》時間に入ったとき、ベアトリーセが邪気《じゃき》のない笑顔で駆《か》け寄ってきた。

「はい。気になってしまって……選考会はどんな調子ですか？」

できれば上手《うま》くいかないでほしい。

が、ベアトリーセは満足とまではいかないものの、悪くないという顔をしていた。

「なかなか、いい画家が揃《そろ》ってまいりましたわよ。いまのところは本命はヤンセン卿《きょう》ですわね。デッサン力もさることながら、光と影の表現が素晴らしいですわ。さしずめ〝陰影《いんえい》の魔術師〟ってところですかしら」

「そうですか……」

「まあアルマ様、元気がありませんわね。何かございましたの？　わたくしでよろしければ、なんでもご相談に乗りますわ」

ベアトリーセは沈痛《ちんつう》そうに眉《まゆ》を下げて、アルマの手をそっと握《にぎ》りしめる。

(元気がないように見えるとしたら、選考会のせいなんだけど)

さらに、昨夜ミラルダ宮で見かけたことが輪《わ》をかけて不安にさせる。賊《ぞく》らしき男たちがミラルダ宮に侵入《しんにゅう》できたのは警備に穴があったからであり、その穴を作ったのは警備担当であるベアトリーセの父なのだ。

迷ったすえ、別の悩みを打ち明けることにする。

「実は、昨日《きのう》いただいたお薬を入れたお茶をハイン様にお出ししたんですけど」

ベアトリーセはくわっと目を見開いて食いついてきた。

「本当に⁉　アルマ様ったら、奥手そうに見えて意外とやりますわね！　それでっ、それでどうなりましたの⁉」

「ハイン様の体質には合わなかったみたいで……部屋を追い出されてしまいました」

「……へたれが……」

「いま何かおっしゃいました？」

「いいえええ、わたくしは何も！　きっと風の音をお聞き間違いになられたのですわ！　ほほほほほ！」

ベアトリーセはわざとらしく声をあげて笑うと、扇《おうぎ》をあおいでみせた。扇使いはカトリーネほど洗練《せんれん》されていないものの、どこか芝居《しばい》がかった優雅《ゆうが》さはある。

「ところで、ハインリヒ様はまだ二人目の花冠画家を召《め》し抱《かか》える決心がついておられませんの？」

「少なくとも、昨日の段階ではその気はなさそうですよ。こう言ってはなんですが、諦《あきら》めた方がいいのでは……」

アルマは会場に集まっている画家たちを見渡した。ベアトリーセが勝手に開いた選考会に集まった画家たちが気の毒だ。

「ハイン様も、ディードリヒ殿下《でんか》も、いますぐにでも花冠画家を選びたいとは考えてらっしゃらないと思います。集まった画家のみなさんにもそのうちばれるでしょうし、ベアトリーセ様たちが勝手に選考会を開いたのだと知れたら、怒《おこ》り出す人もいると思います。いまのうちに本当のことをお話しして、解散した方がいいと思いますけど」

「アルマ様は、そうしてほしいんですのね」

穏《おだ》やかだが鋭《するど》い指摘《してき》に、アルマは息を呑《の》んだ。

「わかっておりましたわ。アルマ様が、ハインリヒ様が二人目の花冠画家を召し抱えることに反対なさっているということは。王子の妃《きさき》よりも、王子の画家でありたいと思ってらっしゃるなんて、変わってらっしゃるんですのね」

そこまで言って、あ、と口元を扇で隠《かく》す。

「別に非難しているわけではありませんのよ。そこを、どうか誤解なさらないで」

「……はい」

変わっていると評《ひょう》されることには慣れている。いまさらなんとも思わないし、少なくともベアトリーセの口調《くちょう》には軽蔑《けいべつ》の色は感じなかった。

「わたくし、アルマ様とはもっと違うかたちでお会いしたかったですわ。こんな迷惑《めいわく》なことばかり、本当はしたくなかった……」

長い睫毛《まつげ》が伏《ふ》せられ、琥珀《こはく》色の双眸《そうぼう》が憂《うれ》いを帯《お》びる。

「そうお思いでしたら、もうおやめになった方がよろしいのではないですか？」

「そういうわけにはまいりませんの」

さきほどまでとは打って変わった、強い口調にはっとする。

ベアトリーセはどこか思い詰《つ》めた顔をしている。

「わたくしは、花冠画家契約の儀式《ぎしき》をどうしても見届けなければなりませんの。そうでなければお嬢《じょう》さ……わたくしは……」

「……ベアトリーセ様？」

ベアトリーセははっと我《われ》に返ると、少し決まりが悪そうに微笑《ほほえ》んだ。

「なんでもありませんわ」

「ベアトリーセ様、何か悩まれていることがおありなんじゃないですか？　わたしでよろしければ力になりますけど」

なんの気なしに申し出たのだが、ベアトリーセはしばし閉口した。

赤い果実のような唇《くちびる》をきゅっと引き結ぶ。一瞬、琥珀《こはく》色の双眸が揺《ゆ》らいで見えたが、すぐに取り繕《つくろ》うように笑顔になった。

「だ、大丈夫《だいじょうぶ》ですわ。わたくしに悩み事なんてありませんもの……そういえば、アルマ様は、契約《けいやく》の絵筆をごらんになったことがおありなんですのよね？」

「ええ。実際に使わせていただきましたし」

「あれって、どこにありますの？」

「さあ。わたしにはわかりません。目が覚めたら、ハイン様が既《すで》に用意されていたので」

「そうですの……ちっ……」

「いま舌打ちなさいませんでした？」

「いいえええ、まさか、気のせいですわ！　ところで、契約の絵筆ってどんなものなんですの？　見た目はどんな感じで、どのくらいの大きさの、どんな箱に入ってますの？」

「ええとですね」

アルマは思い出しながら説明した。

柄《え》が硝子《ガラス》でできており、荊《いばら》の模様《もよう》が刻まれていて、それ自体が芸術品のような絵筆だったこと。箱は樫《カシ》の木製で、王家の紋章《もんしょう》と荊の模様が彫刻されていること。

ベアトリーセは真剣な表情で話を聞いていた。

話しながら、アルマは侯爵令嬢《れいじょう》の目的がわかってきた気がした。


「……あのう、そろそろ近づいてもいいですか？」

「反省しているのなら構《かま》わん。反省していないのなら出ていけ」

書類を手にミラルダ宮の中を歩きながら、ハインは素《そ》っ気《け》なく言った。

〈翡翠の宮《みや》〉の騎士《きし》に居場所を聞いてやってきた先は、例のミラルダ宮だった。手が空いている騎士たちを使って、所蔵品《しょぞうひん》と所蔵品目録を照らしあわせているらしい。

昨夜見かけた男たちのことは、カトリーネに報告済みだ。カトリーネはハインに釘を刺《さ》されたとおり静観するつもりらしいが、彼女からすでに情報が伝わったのだろうか。彼も昨夜ここに賊が忍び込んだことを知っているようだ。

アルマはおそるおそる近づいていって頭を下げた。

「反省しています。昨夜は申し訳ありませんでした……あれから具合《ぐあい》の方は……？」

「もう問題ない」

「よかった……」

「いいわけがあるか！」

すぱぁん！　と丸めた所蔵品目録で頭を叩《たた》かれた。

「痛いじゃないですか！」

「痛いようにやっている。今度こそ、僕は本当に怒っているぞ。理由はわかるな？」

「……わたしがお茶に薬を入れたからです」

「そのくらいはわかっているようだな。ついでに、僕が飲食物に薬物を混入されるのを嫌《けん》悪《お》していることも、薄々《うすうす》わかっていてくれてもよさそうなものだ」

「あっ……！」

ハインは幼い頃に母である第一王妃《おうひ》とともに毒を盛られている。彼自身は一命を取り留めたが、母親は帰らぬ人となってしまった。

また、先々月開かれたテオドシウス王の即位二十五年記念式典でも、危《あや》うく毒杯《どくはい》を呷《あお》らされるところだった。そして、彼をかばった弟が代わりに毒入りの葡萄酒《ぶどうしゅ》を飲み、命に別状はなかったものの一カ月ほど療養《りょうよう》を余儀《よぎ》なくされた。

「申し訳ありませんでしたっ!!」

アルマは慌《あわ》てて両手両膝《りょうてりょうひざ》をつき、ドゲーザをして頭を床に押しつけた。

「やめろ。ドゲーザは嫌《きら》いだ」

「すいません……」

ゆるゆると顔を上げると、ハインが目の前でしゃがみ込んでいた。アルマの髪《かみ》を一房摘《ひとふさつま》んで、指先に引っかけて弄《もてあそ》びながら言う。

「髪が汚れるだろうが。僕に口づけさせないつもりか?」

「……許してくださるんですか?」

「ただで許すとは言っていないぞ」

「うっ。わたし、お金はあんまり持ってないんですけど……」

「誰がおまえなんかに金をせびるか。そういう意味じゃない。なに、簡単なことだ。おまえから僕に口づけてくれればいい。いま、この場で」

「こ、ここでですか!?」

アルマはとっさに周囲を見回した。

ミラルダ宮の広い画廊《がろう》の中は、絵画を抱えた騎士たちがうろうろしている。中には、座って話し込んでいるアルマとハインへ不思議そうに視線を向けてくる者もいた。

「あの、でも…………わ、わかりました」

恋人に向けるとは思えない冷たい目で見られては、従《したが》うしかなかった。

おそるおそるハインの両頬《ほほ》に手を伸ばし、そっと押さえる。しばしの間ためらってしまったものの、意を決して、えいやっと唇を頬に押しつけてすぐに離した。

「……おい」

「く、唇にとはおっしゃいませんでしたので」

アルマが顔を真っ赤にして反論したとき、後ろの方から口笛が響《ひび》いてきた。

「殿下ー、詰めが甘いっすよ」

「つーか見せつけないでくれますか。仕事中なんですけど」

騎士たちが思いのほか気楽に囃《はや》し立ててくる。

「うるさい！　見せ物じゃないぞ！」

「いやいまの絶対見せようとしたっしょー」

「いいから仕事に戻れ！」

ハインが怒鳴《どな》ると、騎士たちは苦笑しながら作業を再開する。

なんだか意外なものを見た気分だった。

(ハイン様、王宮の方々と結構《けっこう》上手くいってらしたんだ)

騎士たちとの気の置けないやりとりには、親しみや信頼が感じられる。

幽霊王子を返上して以来、相変わらず貴族たちからは値踏《ねぶ》みされている様子だが、少なくとも騎士たちの中にはハインを認めてくれる者も現れはじめたようだ。

少し嬉《うれ》しくなって、アルマはハインの手元を覗《のぞ》き込んだ。

「そういえば、何が盗《ぬす》まれたんですか?」

「なぜおまえが昨夜ここに賊が入ったことを知っているんだ?」

うっ、と思わずうめき声が漏《も》れた。うっかり、夜中にここへやってきたことを自白してしまった。ハインに許してもらえたせいで気が緩《ゆる》んでいたようだ。

「すいません。ハイン様が警備の穴を気にしてらしたので、変なお茶を飲ませてしまったお詫《わ》びに、せめてお役に立ちたいと思いまして……」

「そんなことだろうとは思っていたが、危ない真似はするな。女官《にょかん》のすることでも花冠のすることでもない」

「同じことをレネにも言われました」

「レネに言われるということは相当非常識だという証左《しょうさ》だ。もう少しとは言わん、もっと盛大に自重《じちょう》しろ」

すぱぁん！　とまた丸めた目録で頭を叩かれる。景気のよい音がするわりにはそれほど痛くはないが、それなりに屈辱《くつじょく》である。

騎士たちが次々と絵画を運んできた。ハインはまた目録を開き、一点一点、実物と照らしあわせていく。

「よし、全部あるな」

確認作業を終えると、騎士たちが運んできた絵画をまた元の位置に戻しはじめる。

「何も盗まれてなかったんですか？」

「ああ。いつかと同じ状況だ」

少し前にも「賊が入った形跡《けいせき》があるのに何も盗まれていない」という事件があった。

「あ、聖堂の備品管理庫……？」

「そういうことだ」

ハインは所蔵品目録を懐《ふところ》に仕舞《しま》った。

「最初は聖堂の祭具《さいぐ》などを保管している倉庫。今度はミラルダ宮だ。さて、この二つから連想できるものはなんだ？」

「……一つめは、王宮で行われる儀式に関係しているものってことですよね。二つめは、絵画に関係しているもの。両方から連想されるのは……花冠契約の儀式ですか？」

「わかるようになってきたじゃないか」

わしゃっと頭を撫《な》でられた。心地よい手の感触《かんしょく》に思わず目を閉じそうになる。

「ベアトリーセ様が契約の絵筆のありかをすごく気にしてらっしゃったので」

「バルテルスもだ。近々ディードの花冠契約の儀式を行うことになるかもしれないから準備しておきたいと言われた。本人に聞けと言って追い払っておいたが……しかし、これであいつらの狙いはわかったな」

「でも、どうして契約の絵筆が必要なのでしょうか」

契約の絵筆は王族以外の人間には無用の長物だ。

花冠画家を召し抱えられるのは王族だけである。ベアトリーセは、あるいはバルテルス侯爵は契約の絵筆を使って何をするつもりなのだろう。

「それについては思うところがある。このまま放置してもいいが……これ以上王宮を荒らされるのも気分が悪いしな。となると、おまえの出番だ」

一瞬意味がわからなかったが、まもなくして思い当たった。

神懸《かみが》かりの絵を——ベアトリーセの隠している真実を描き出すのだ。


「今日はお招《まね》きにあずかり光栄ですわ、ディードリヒ殿下」

「こちらこそ急にお誘《さそ》いしてしまって申し訳ない。口に合うといいのだが」

硝子一枚隔《へだ》てた向こう側で、なごやかな昼餐《ちゅうさん》がはじまった。

鏡の間と呼ばれる〈琥珀の宮〉の一室では、ディードリヒとベアトリーセが歓談《かんだん》しながらグラスを傾《かたむ》け、繊細《せんさい》な宮廷料理の数々に舌鼓《したつづみ》を打っている。

その様子を、アルマとハインは隣《となり》の部屋から観察していた。

鏡の間の壁《かべ》に埋め込まれている大きな鏡は、特殊な加工を施《ほどこ》した透明《とうめい》な硝子板だ。表から見ると普通の鏡だが、実は裏側から見ると薄《うす》く色づいた硝子になっているのだ。おかげでアルマたちにはディードリヒたちの様子が丸わかりだった。

「それにしても、ディードリヒ殿下が花冠画家の選定に迷ってらっしゃったなんて、意外ですわ。選考会にも初日にしかお越しいただけなかったから、お目当ての画家がいないのかと思っておりましたの」

「あ、あれは、急なことだったから少し戸惑《とまど》ってしまっただけだ……私だって王族の端《はし》くれだ。そろそろ花冠画家を召し抱えなければならないと……思っていたところだった。い……いい機会を作ってもらえたと、あなたには感謝している」

ディードリヒはベアトリーセの視線が皿やグラスに向けられる一瞬の隙《すき》を狙って、左手の袖口《そでぐち》に目を落としている。

そこに何が隠されているのか知っているのだろう、ハインが露骨《ろこつ》に眉をひそめた。

「あいつ、この程度の会話にも台本が必要なのか。いままでどうやって公務をこなしてきたんだ」

ディードリヒは長い台詞が苦手で、言うべきことを小さな紙に書いておき、要所要所で確認しながら話す癖《くせ》がある。ときには伯父《おじ》ヘルムートが台詞を囁《ささや》いて教えるなどしていたらしいが、その伯父は先日の事件で失脚《しっきゃく》し、もう王宮にはいない。

「そんなこと言っちゃダメですよ。ディードリヒ殿下はお忙《いそが》しい中、わたしたちに協力してくださってるんですから。それに、本来は言い出しっぺのハイン様がベアトリーセ様のお相手をするのが筋でしょう」

「何を言う。僕がいなかったら誰がおまえを抱《だ》き留《と》めるんだ」

部屋にはイーゼルと椅子《いす》が用意されている。アルマ自身も、自分の画帳と絵の具箱を持ち込んでいた。

ひさしぶりに、神懸かりの絵を描くのだ。

人を見ながら描くと必ず発現する神懸かりの異能は、モデルの真実を絵に映し出す。ただし、異能の発現中は意識を神に乗っ取られた状態になるうえ、絵を描き終わったと同時に意識を失って倒れてしまうのだ。

「それとも何か、たまにはディードリヒの腕《うで》に抱かれたいとでも思っているのか？」

「違いますっ！　なんですかその微妙《びみょう》にいかがわしい言い方は！　別に支えていただかな

くても、背もたれのある椅子にロープか何かで縛《しば》りつけていただければ、倒れることもないと思っただけです！」

「おまえのことだから椅子ごと倒れそうな気がする」

「……それはありそうな気がしますが……そろそろ準備をしますね」

「ああ、待て」

絵の具箱を開けようとしたところで制止される。

何事かと思えば、ハインは懐から手のひら大の薄い小箱を取り出した。

差し出されるままに受け取って蓋《ふた》を開けると、中から濃《こ》い赤色、青色、黄色のパステルが現れた。近年市場《しじょう》に出回りはじめた、顔料を展色材で固めた棒状《ぼうじょう》絵の具だ。

「わあ、綺麗《きれい》な色！　使ってみても？」

「どうぞ」

青色のパステルを手に取って、画帳の端にすっと線を引いてみた。濃く、鮮《あざ》やかな青色に目を奪《うば》われる。こんなに発色のいいパステルは初めてだ。

「市場に出回っているものは発色がいまいちだったから、特注《とくちゅう》で作らせた。純粋《じゅんすい》な三原色に限りなく近い色が出せるよう改良させたから、神懸かりの異能も問題なく引き出せるだろう」

「ありがとうございます！　大切に使います！」

「喜んでくれるのはいいが、おまえ、髪飾りを贈《おく》ったときよりも喜んでないか？　あれきり身につけているところも見かけないのだが」

じろりと睨《にら》まれて、アルマは思わず目を泳《およ》がせた。

「へ、部屋でつけてるんです。毎日寝る前と、朝起きたときに」

「人前でつけないでどうする。しかもその言い分だとすぐに外《はず》しているだろう」

見抜かれている。

とはいえ、身につけたくても紫水晶《アメジスト》の薔薇《ばら》の髪飾りは女官のお仕着せにはそぐわないのだからしかたがない。万が一紛失《ふんしつ》したらと思うと、持ち歩くのも憚《はばか》られる。

それに、画家にとって新しい画材と出会ったときの感動は別格なのだ。

真新しい画紙を開いた画帳をイーゼルに立て掛け、丸椅子に腰《こし》掛《か》ける。

使う色はもちろん青だ。

〝精神の青〟を用いた〝青の絵〟では、モデルは隠し事を暴《あば》かれた姿で描かれる。

青いパステルを握り、硝子の向こう側で食事中のベアトリーセに目を向ける。

顔立ちを何度も視線でなぞって特徴《とくちょう》を摑《つか》み、目算《もくさん》でパースを取り、顔の部位や頭身の構造比率を確認する。

「それでは、はじめます」

「頼んだ」

ハインが少し下がって見守ってくれる。

アルマはすうはあと息を整えると、パステルの先を画紙に宛《あて》がった。

その瞬間、全身が蕩《とろ》けるような感覚に襲《おそ》われ、アルマは意識を失った。


一心不乱に描きはじめる花冠画家の横顔を、ハインはじっと見つめていた。

神懸かりの異能が発現しているときのアルマは、とても美しい。

凜《りん》と引き締《し》まった表情に、きりりとした鋭い眼差《まなざ》し。モデルの方へは一片たりとも目を向けないくせに、その実、誰よりも深く、骨《ほね》の髄《ずい》まで見通している。

他者を寄せつけない圧倒的な空気を纏《まと》いながら、あらゆるものを受け入れる包容力を感じさせる。超然とした佇《たたず》まい。

これに惚《ほ》れたつもりはない。

だがどうしようもなく、見惚《みと》れる。

アルマが描き終え、パステルをイーゼルの縁《ふち》に置いた。

そろそろか、とハインが腕を出すのとほぼ同時に、アルマが瞼《まぶた》を閉じてふらりと後ろに倒れた。しっかりと背中を抱き留め、引き寄せる。

彼女と出会ってから、神懸かりの異能を何度か目《ま》の当たりにした。

その中で一度だけ、異能の発現を終えて倒れたアルマを、抱き留められなかったことがあった。ハインは描かれる側にいたからだ。

他の男の腕に抱き留められる姿を見たときの、痛烈《つうれつ》な苛立《いらだ》ちはいまでも忘れない。

いつだって、あの役は自分のものだと思っていたのだ。

自分はこんなにも独占欲《どくせんよく》の強い人間だったのか、と我ながら少し呆《あき》れた。

(誰にも渡さない——)

ハインは右手でアルマを支えながら、もう一方の手で画帳を手に取った。

そこに描かれている女性の姿を認めて、納得《なっとく》する。

「やはり、こういうことか」

〝青の絵〟の中で、ベアトリーセは侍女《じじょ》のお仕着せ姿で描かれていた。

ややあって目を覚ましたアルマは、自分の描いた〝青の絵〟を見て納得した。

ベアトリーセは偽者《にせもの》だった。正体は侍女。身代わりだ。

なんとなく、そんな気はしていた。

ベアトリーセの手は手袋に包まれてはいたが働き者の手をしていたたし、何より絵姿と実際の容貌《ようぼう》が少し違っていたからだ。

目の色が異なっていたし、偽者のベアトリーセの方が目鼻立ちがはっきりしている。肖像画《しょうぞうが》を実物より華《はな》やかに描く画家はいても、地味に描く画家はそうはいまい。

だが、これで疑問が一つ増えてしまった。

「本物のベアトリーセはどうしたんだ？　病気で家を出られないか、それとも恋人と駆け落ちでもしたか？」

「確かめてみましょうか」

「どうやって？　本人が実家にいるかどうかもわからんのに」

「そこは、ちょっと試してみたいことがあるんです。〈翡翠の宮〉に戻りましょう」

真っ昼間から何度もイーゼルと椅子を運んでは目立つので、それらは隅《すみ》の目立たないところへそっと運び、画帳と絵の具箱だけ持って部屋を出た。

〈翡翠の宮〉に戻り、アトリエに移動する。

「で、試してみたいことというのはなんだ？」

「〝黄の絵〟です」

アルマは荷物を作業台の上に置くと、近くの壁際《かべぎわ》に積まれている肖像画の山に近づいた。上から順に手に取って確認していき、目当ての絵を発見する。

「あった。これです」

と言って、ベアトリーセの絵姿を持ち上げてみせた。

「それをどうするんだ？」

「以前にもお話ししたと思いますけれど、神懸かりの絵は人を見て描いたときだけでなく、人を見て描いたり彫ったりしたものを見て描いたときにも発現するんです。この絵のベアトリーセ様は、いまディードリヒ殿下とお食事をしているベアトリーセ様と外見が少し異なります。この肖像画は本物のベアトリーセ様を見ながら描いたものだと思うんです」

「絵姿のベアトリーセが本人なら、本人の真実が描き出されるというわけか」

「はい。それで、今回は黄色を使おうと思うんです。〝肉体の黄色〟は、肉体、つまりその身が置かれている、人にあまり知られていない状況を描き出してくれるはずです」

「つまり、ベアトリーセがいまどこにいるのかがわかると？」

「たぶんですけど。昔、画家修業《しゆぎよう》時代に迷子捜《さが》しの役には立ちましたし。やってみる価《か》値《ち》はあると思います」

あのときは、旧市街に迷い込んだ子どもを助け出すことができた。

ベアトリーセが自宅にいるにしろ、どこか他の場所にいるにしろ、神懸かりの筆は手《て》掛《が》かりを描き出してくれるはずだ。

アルマはベアトリーセの絵姿を長椅子に立て掛け、イーゼルに画帳を立て掛けると、さきほどハインからもらったパステルのケースから黄色を手に取った。

絵姿を見ながらパステルの先を画紙に当てると、そのまま意識が遠くなる。

──それから数分後。

「黄色の絵というのは見づらいな」

というわけで、描きあがった〝黄の絵〟を画帳から取り外し、画紙を裏から蠟燭《ろうそく》の火であぶった。黄色の顔料がみるみる変色し、くっきりとした褐色《かっしょく》の線描《せんびょう》が浮かび上がる。

それを覗き込んで、アルマとハインは揃って息を呑んだ。

「なるほど。これは身代わりを立てるわけだ……」

絵の中で、ベアトリーセは泣きはらした顔をしていた。

おまけに両手を後ろ手に縛られた格好《かっこう》で椅子に座らされ、足枷《あしかせ》まで嵌《は》められている。

彼女はどこかの屋敷《やしき》の一室にいるらしい。飾り気のない石造りの壁に、簡素な作りの窓が見える。窓の外には杉らしき針葉樹林が見下ろすような角度で描かれている。

「これって、本物のベアトリーセ様は誘拐《ゆうかい》されたってことですよね？」

「そのようだな。バルテルスはおそらく娘《むすめ》を攫《さら》われ、誘拐犯から脅迫《きょうはく》を受けているのだろう。替え玉も犯人の指示かもしれん」

ハインがアルマの手から画紙を取り、顎《あご》を撫でながらじっくりと見つめる。

「枝葉の生い茂り方からして、この杉はゲルダー杉だな。ゲルダー地方に多く見られる種類だ。森と呼べるほど広範囲に育っている場所はユグドリスでも数えるほどしかない。窓から見える景色の角度からして、ベアトリーセが囚《とら》われている部屋はかなり高い建物の上層階のようだ。ゲルダー杉の森に、高い建物。ある程度場所が絞り込めそうだ」

アルマは両手のひらを打ちあわせてハインを仰《あお》ぎ見た。

「すごい！ ハイン様って意外と頭がよろしかったんですね！」

「……前から思っていたのだが、おまえ僕をなんだと思ってるんだ？ 下手《へた》すると貴族連中より僕への評価が低そうなんだが」

「そんなことありません。わたしはハイン様が世界で一番美しい男性だと思っています」

「そっちの評価じゃなくてだな……もういいか」

ハインは諦念《ていねん》のたっぷりまじったため息をついた。

「契約の絵筆を探しているのも誘拐犯からの指示かもしれんな」

「本物のベアトリーセ様が誘拐されたのは、バルテルス侯爵が王宮の警備を任《まか》されていたからでしょうか？」

「だとしたら気の毒な話だな。できることならすぐにでも助け出してやりたいが、しかしこれだけでは情報が足りんな」

「では、日が落ちたらもう一度描きますね。星や月の位置などで方角も絞れるかもしれませんし」

「ああ。頼んだ」

短く答えると、ハインは思い出したように窓の外に目を向け、日の高さを確認した。

「そろそろ行かないとまずいな。この絵は預かっておく。それと、この件はカトリーネや女官仲間にはまだ言わないでくれ」

「どうしてですか？」

「人命がかかっているから事は慎重《しんちょう》に進めたい。カトリーネのやり口は派手だからな。ベアトリーセの捜索《そうさく》は僕の方で秘密裏《ひみつり》に手配しておく」

「ベアトリーセ様……の身代わりの方はどうされますか？」

「彼女やバルテルスにはしばらくは話を合わせてやっていてくれ。下手に動揺《どうよう》させて僕たちが気づいたことが犯人に知れれば、本物のベアトリーセの身が危うくなる」

「そうですね……」

　アルマは胸の前でぎゅっと手を握りしめた。

　偽ベアトリーセはいつも強引にアルマとハインの仲を取り持とうとし、ハインに二人目の花冠画家を勧《すす》め、契約の絵筆の情報を集めようとしていた。仕《つか》えるべき姫君を攫われ、雇《やと》い主から身代わりを頼まれ、彼女も必死だったのだ。

　悪い人とは思えない。最初に感じた彼女への印象は、間違っていなかった。

「犯人は、偽ベアトリーセ様やバルテルス侯爵を使って契約の絵筆を手に入れて、何がしたいのでしょうか？　いえ、そもそも犯人は誰なのでしょうか」

「その点についてはおおよその見当がついている。が、まだ証拠《しょうこ》がない。それも僕に任せておいてくれ」

ハインは画紙を丁寧《ていねい》に折り畳《たた》んで懐に仕舞った。部屋を出ていこうとしたところで「そうだ」と振り返る。

「おまえに一つ、断っておかなければならないことがある」

「なんでしょうか？」

「これから僕は、おまえにとって不本意な決断をするかもしれない」

いつになく真摯《しんし》な表情と神妙《しんみょう》な声音《こわね》に、鼓動《こどう》が跳《は》ねた。

「おまえを傷つけることになるかもしれない。だがそれもベアトリーセの救出のためだ。理解してほしい」

「……わかりました」

こんな言い方をされては、不平なんて言えるわけがない。

「悪いな」

またアルマの頭をくしゃっと撫でると、ハインは急ぎ足でアトリエを出ていった。


翌日もアルマは女官仕事の暇《ひま》を見つけては、〈水晶《すいしょう》の宮〉を訪れていた。

花冠画家選考会は三日目に突入し、参加者の人数もだいぶ減ってきている。

選考によって絞られてきた部分もあるが、王子の花冠画家を婚約者の父とはいえバルテルス侯爵が開催《かいさい》していることを訝《いぶか》り、画家の方から去っていった部分も大きい。

とりあえず、花冠画家選考会が失敗に終わりそうで少し安心した。

（あとはベアトリーセ様が早く見つかってくれれば……）

彼女の捜索はハインに任せている。アルマにはもう祈《いの》ることくらいしかできない。

バルテルスと偽ベアトリーセに見つからないよう、そっと会場を後にした。

〈水晶の宮〉を出て庭園を少し歩いたところで、ふと、ポプラの木の陰《かげ》でうろうろと不審《ふしん》な動きをしている王子を発見した。

「殿下、どうかなさったのですか？」

ディードリヒはびくりと弾《はじ》かれたように肩を震《ふる》わせて振り返った。アルマの姿を認めるとほっと気を緩めて吐息をつき、ばつが悪そうに視線をさまよわせた。

「や、やあアルマ。奇遇《きぐう》だな。もしかして〈水晶の宮〉に行った帰りかい？」

「ちょっと覗いてきただけです。あ、殿下はまだ近づかない方がいいですよ。だいぶ減ってきましたけど、まだ画家が大勢集まってますから」

初日にうっかり足を踏み入れてしまったディードリヒは、画家たちに押し寄せられて大変な目にあっている。

ディードリヒはどこか寂《さび》しそうな目をして〈水晶の宮〉を眺《なが》めた。

「そうか……」

「もしかしてベアトリーセ様にご用が？　昨日はお食事の席で結構盛り上がってらっしゃったようですけど」

「とんでもない！　頭が真っ白で必死だったよ。食事もほとんど喉《のど》を通らなかった」

こころなしか暗く落ちくぼんだ目で言われる。

昨日のベアトリーセとの昼餐は、若き王子から生気を失わせてしまうほどの負荷《ふか》を与えたらしい。首謀者《しゅぼうしゃ》はハインとはいえ、アルマは申し訳ない気持ちになった。

「昨日のあれはいったいなんだったんだ？　私を利用するだけ利用しておいて、兄上は何も説明してくれないし。鏡の間を使ったということは隣で神懸かりの絵を描いていたんだろう？　どんな絵が描けたんだ？　私にも見せてくれないか？」

興味津々《きょうみしんしん》といった眼差しを向けられて、アルマは慌てた。

王宮にベアトリーセの誘拐に関わる者がいるおそれもあるのだ。あのベアトリーセが偽者で本物は囚われの身だと打ち明けるわけにはいかない。

「申し訳ありません、まだお見せするわけには……でも、決してベアトリーセ様に悪いことをしているわけではないんです。むしろ、わたしたちはベアトリーセ様がお困りなら、救って差し上げたいと思っているくらいで」

「ふうん」
ディードリヒはじっと見つめてくる。
視線を逸《そ》らすのも失礼なので、逃《に》げ出したい気持ちをぐっとこらえて見つめ返す。やや
あって、沈痛なため息が漏れた。
「兄上が言ったのなら信じないところだが、神懸かりのあなたが嘘《うそ》をつくとは思えない。
わかった、信じよう」
「……ありがとうございます」
アルマは多少の罪悪感を抱《いだ》きつつ礼を述べた。神懸かりだからといって嘘をつかないわ
けではないのだが、誤解は解かない方が双方のためにいい場合もある。
「ところで、ベアトリーセ嬢が困っているというのは、花冠画家選考会と何か関係がある
のか？」
「はい。詳しくは申せませんが……どうしてそう思われるんです？」
「昨日の食事の席で、契約の絵筆を見せてほしいとしつこく請《こ》われてね。見せたくても見
せられないんだと説明しても聞いてくれなくて、実際に〝泉〟に連れて行ってやってみせ
て、なんとか納得してもらえたんだ」
「泉ってなんですか？」
「兄上から聞いていないのか。わかった、あなたにも見せよう。ついておいで」

ディードリヒに手招きされて、アルマは王宮の北に向かった。

王宮の北部は小さな森になっており、簡単な狩猟《しゅりょう》などを楽しめるようになっている。

水鳥のさえずりが響く橅《ブナ》と樫《カシ》の森を進んでいくと、少し開けた空間が現れた。そこだけ樹冠《じゅかん》が途切れているため、初夏の陽光が燦々《らんらん》と降り注《そそ》いでいる。

その中央には岩に囲まれた小さな泉があった。

「ここは……？」

「ミラルダの泉と言われている」

ディードリヒは美の女神の名を冠する泉に近づきながら説明した。

「ユグドリスの王族が真に花冠画家を必要としたとき、この泉に手を翳《かざ》すと、契約の絵筆が現れると伝えられているんだ」

「ここに？　手を翳すと出てくるんですか？」

見たところ、なんの変哲もないただの泉だ。底なしというわけでもなく、覗き込めば普通に水底が見通せる。そんな仕掛けだか神秘の力だかがある場所には見えない。

「わからない。何せ『王族が真に花冠画家を必要としたとき』でないと現れないらしいから。私はまだ一度も見たことがないんだ」

ディードリヒには花冠画家はいない。

もう何年も王太子の最有力候補として公務に出ていたのに、花冠画家を召し抱えていないというのも不思議な話だ。又聞《またぎ》きの情報だが、画家が必要なときは、国王や他の王族から花冠画家を一時的に借りて随伴《ずいはん》させていたらしい。

「殿下には、目当ての画家はおられないのですか？」

「……正直、どうしたらいいのかわからないんだ」

突然漏れた弱々しい吐露《とろ》に、アルマは目を瞬《またた》かせた。

「少し前に伯父上が何人か薦《すす》めてくれたんだけど、いまいちしっくりこなくて……わかっているんだ。私には決断力が足りない。大事な決断をずっと伯父上に頼ってきたツケだろう。だから即断できる兄上がときどきすごくうらやましく思えることがある」

「ハイン様も、即断しているわけではないと思います」

ディードリヒが驚いた目を向けてくる。

「いえ、わたしが言うことではないかもしれませんが……ハイン様も悩みの多い方ですよ。わたしを花冠画家に召し抱えてくださったときも、かなり悩まれたと思います。ただあのときは時間がなかっただけで。ディードリヒ殿下も、心から花冠画家にしたいと思える画家が現れたら、決断できるのではないでしょうか」

ハインが完璧《かんぺき》な人間だったら惹《ひ》かれなかっただろう。

強いところも弱いところもある。頑《かたく》なかと思えば揺らぐこともある、人間味のある人だから好きになったのだ。

許されない相手に片思いでもしてしまったかのような語り口だ。普通に考えても、王子

「そうなんですか」

「いるにはいるんだが、その人は望んではいけない人だから。きっと、神も許してはくれないだろう。だからもういいんだ」

ディードリヒは眼鏡《めがね》の奥の双眸を眇《すが》めてこちらを見つめている。

王族が真に花冠画家を必要としたときという条件があると話してくれたのはディードリヒ本人だ。それとも、急に花冠画家にしたい人物を思いついたのだろうか。

「花冠画家にしたい方がいないのではなかったのですか？」

「やはり、現れないか……わかってはいたが」

一秒、二秒。十秒、三十秒、一分と待っても、何も起きなかった。

人工の森に、清涼《せいりょう》な水のせせらぎだけが静かに響く。

何か思いついたのか、岩に左手をついて泉に身を乗り出し、右手を水面に翳した。

ディードリヒは感じ入ったようにアルマを見つめたあと、ふっと小さく微笑んだ。

どうしても花冠画家に任命したいと思える相手と出会えるときが訪《おとず》れるはずだ。

自分がハインと出会って、画家の天啓《てんけい》を受けたときのように、ディードリヒにもいつか

「はい。わたしはそう思います」

「そう、だろうか」

から花冠契約を申し入れられて断る画家はめったにいないと思うのだが。

（あ、そういえばわたし、最初断ったっけ。でもあれは分不相応《ぶんふそうおう》だと思ったからだし）

と、自分のことはまたも棚上《たなあ》げする。

そのとき、くすくすとどこからか笑い声が聞こえてきた。

「誰だ！」

ディードリヒが鋭い誰何《すいか》の声をあげる。

見ると、樵の木の陰で銀髪の貴公子が笑いをこらえていた。

「いや、失礼。そちらの可愛《かわい》らしい花冠画家には話が通じていないようだったのでね。ついおかしくて笑ってしまった。君を馬鹿にしたわけではないから許してくれないかな？」

「オトマール公か。盗み聞きとは趣味が悪い」

「だからこうして謝罪している。許してくれたまえよ」

王子が相手だというのにオトマールの物言いは気安い。

先王の息子、しかも従兄弟《いとこ》という間柄がそうさせるのかもしれないが、そのわりにはディードリヒからは彼に対する親しみが感じられない。

「おお、怖《こわ》い怖い。そう睨まないでくれないか。子どもの頃にちょっといじめたからって、そんなに根に持たなくてもいいだろうに」

アルマは二人の関係性を一発で理解した。

ぎりぃ……と歯軋《はぎし》りが聞こえてぎょっとする。見ると、ディードリヒが怒《いか》りを押し殺しきれず殺気が漏れまくった顔をしていた。

怖い！　とそこらの乙女《おとめ》ならば思うところだが、アルマの感想は別だった。

（なんて描き甲斐《がい》のある表情！　これはいつか使えるかもしれないわ。しっかり目に焼きつけておかないと！）

隣で兄の花冠画家が目を輝《かがや》かせていることなど露《つゆ》知らず、ディードリヒは吐《は》き捨てた。

「昔のことなど関係ない！　私は現在の行為《こうい》を非難しているんだ！　ひょっとして私をつけてきたのではないだろうな？」

「君を尾行する趣味はないよ。ただ、兄の恋人を人気《ひとけ》のないところに誘い込もうとしているのなら、紳士《しんし》として止めてやらなければと思って、ね」

「ひ、人気のないところに誘おうとしたわけでは……！」

赤面して反論するディードリヒを無視して、オトマールは泉に近づいていった。水面《みなも》に手を翳して目を閉じる。しばらく待ってから、諦《あきら》めて手を引っ込めた。

「やはり現れないか。条件は満たしているはずなのだが……」

「オトマール様も、花冠画家にしたい方がおられるのですか？」

「いるよ」

はぐらかされるかと思ったが、意外にも返ってきたのは肯定《こうてい》だった。

（これはチャンスかも！）

バルテルス侯爵たちの目的が契約の絵筆を手に入れることだとしたら、オトマールに目当ての画家と花冠契約を結んでもらえば、ベアトリーセを誘拐した犯人も尻尾《しっぽ》を出すかもしれない。

「でしたら、すぐに召し抱えられるといいと思います！　どなたなんですか、その画家は」

「君」

アルマは笑顔で固まった。

オトマールはこちらを熱っぽく見つめている。艶《つや》めいた唇はわずかに弧《こ》を描いていた。

「か、からかわないでください！」

「心外だな。私は本気で言っているというのに」

「オトマール公！　アルマは兄上の花冠だぞ！」

ディードリヒの叱声《しっせき》を無視して、オトマールはアルマの手を搦《から》め捕《と》った。優雅な手つきでありながら力は強く、両手でしっかりと情熱的に握りしめられる。

（ひいぃっ、また……！）

頭の中で警鐘《けいしょう》がごんごんと鳴り響く。手を振り払いたいが、王族相手にそんな無礼な振る舞いができるわけがない。

「ハインリヒはずるいな。こんなに可愛い花冠画家を召し抱えるなんて。ああ、君も君だよ。なぜ私が公務でイアルナに行っている間に神懸かりだと打ち明けてしまったんだ？」

「う、打ち明けたわけでは……」

「すごく残念だよ。君ともっと早く出会えていれば、ハインリヒより先に私が花冠に召し上げられたのに」

　まるで愛を囁くような甘やかさで言うと、手の甲に唇を押しつける。

　——寸前に、銀髪の側頭部に何かが激突し、オトマールがよろめいた。

　アルマは思わず目を瞬《しばたた》いた。

　いったい何が起きたのか、それは続く声が教えてくれた。

「いますぐその手を離すか舌を嚙《か》み切れ、オトマール。さもなくば手首を切り落とす」

　朗々《ろうろう》とした、だが底冷えのする声が響く。

　声のした方を振り向いて、アルマは再度固まった。

　木の幹に寄りかかり、片手で小石を弄びながらのたまったのはハインリヒだった。

　態度にも表情にも余裕があり、一見するといつもどおりの彼だ。

　ただし目が笑っていない。というか、完全に瞳孔《どうこう》が開いている。

（怖い……!!）

アルマは今度こそ震えあがった。美人の怒った顔は迫力《はくりょく》があるものだが、ハインは特別だった。目しか変化がないというのが余計に恐ろしい。

「……アルマ、いまのうちに」

ディードリヒが小さく囁いて腕を引き、オトマールからやんわりと引き離してくれた。さりげなく距離《きょり》を取って、第一王子とその従兄を遠巻きに見るかたちになる。

「あの、お二人ってもしかして仲がよろしくなかったりします？」

オトマールがアルマにちょっかいをかけていたとはいえ、いきなり石を投げつけるのはどう見ても異常だ。何か確執《かくしつ》があるのではと思った。

「……ここだけの話だが、私がオトマール公にいじめられるたびに、兄上がすっ飛んでいってオトマール公に十倍くらいにして返していたんだ。そのせいでさらに私がいじめられるという悪循環《あくじゅんかん》に」

「……ハイン様とオトマール様って、確か年の差が五つありましたよね？」

ハインが幽霊王子と化したのが十二年前。それ以降は接点がなかったと考えると、七歳のハインリヒが十二歳のオトマールをやり込めていたことになる。

「ここは弟思いだと褒《ほ》めるところでしょうか」

「いや、兄上は絶対に私が仕返しされるのも楽しんでいた。あれはわざとだ。証拠はないが、先にいじめを仕掛けたのは兄上なんじゃないかと思っている」

「……最悪ですね」

ひそひそと囁きあっていると、オトマールが石をぶつけられた頭を押さえながらふらりと起き上がった。

「いきなり何をするのかね！　当たり所が悪ければ死んでいたぞ！」

「死ね」

「……いや、冷静に考えても私を殺したら……」

「構わん。死ね。あますところなく死ね。むしろこの手でくびり殺させろ」

「…………」

第一王子のあまりの言いぐさに、オトマールは絶句する。

「……ハイン様って、誰も憎《にく》めないいんじゃありませんでしたっけ」

「嫉妬《しっと》は別勘定《かんじょう》なのだろう。そうでなくとも感情を殺して事務的に殺《や》るくらいのことは兄上ならやりそうだ」

一瞬、こんな人を好きになった過去の自分の判断を悔《く》いそうになったのは秘密である。

「くっ、ただの社交辞令だろうが。冗談《じょうだん》を本気にするとは、君はいつまで経《た》っても子どものままだな」

「冗談？　アルマを可愛いと言ったことが嘘だと言うのか？　ますます許しがたい。いますぐ舌を噛み切って置いていけ。切り刻んで魔獣《まじゅう》の餌《えさ》にしてくれる」

「ハイン様、もういいですからやめてください！　発言がどんどん悪役化して舞台の悪魔王になっちゃってます！　それにわたしが可愛くないのは事実ですし！」

過激になっていく毒舌に耐《た》えられなくなり、アルマは慌てて仲裁《ちゅうさい》に入った。

「何を言い出すんだおまえは」

ハインはふと眼差しを弱めると、オトマールの横を素通りし、こちらに近づいてきた。そっと腕を伸ばしてアルマの頰《ほお》に手を添《そ》えた。

「ああ、そういえばいままで口に出して言ったことがなかったな。この際だからはっきり言っておく。おまえはとても可愛らしい」

「ふぁっ⁉」

「この艶やかで癖《くせ》のない黒髪はとても美しいし、大きな蒼《あお》い瞳《ひとみ》はすごく綺麗だ。大きくて柔《やわ》らかな唇は何物にも替えがたいほど甘いし、小鳥のさえずりのような声も、いつも絵具が染みついている手も、すべてが可愛らししく愛《いと》おしい……」

「ちょ、ちょょっとハイン様⁉」

普段、好きだと言いつつ憎まれ口ばかり叩いているハインの口から、信じられないような甘い言葉が次々と飛び出してくる。またも顔の温度が急激に上昇していった。

（まさか、まだあの薬の効果が残って……⁉）

ベアトリーセにもらった薬は、アルマの中では「腹が痛くなる代わりに眠気が覚め、ついでに発言が甘ったるくなる不思議な薬」という認識だ。

「落ち着いてください ハイン様！ こんなのハイン様らしくありません！ いつもみたいに馬鹿《ばか》とかピンク頭とか、とにかくもっとけなしてください！ わたし、ハイン様に罵倒《ばとう》されるの好きですから！」

「そうなのか？ 変わった趣味《しゅみ》だな。まあ、おまえがそっちの方がいいというのなら構わんが……」

ハインの手が優しく頬を撫でる。

膨《ふく》れあがった自分の心音ばかり聞こえる耳に、こほん、と遠慮《えんりょ》がちな咳払《せきばら》いが届いた。

「……あーその、まだ、私がいるのだが……」

ディードリヒが赤面して顔を逸らしていた。見ていられない、といった様子だ。

オトマールの方はいつのまにか姿が見えなくなっている。ハインが色呆《いろぼ》けしているうちに逃げたらしい。

「殺りそこねたか……ディード、オトマールにされたといういじめを洗いざらい教えろ。僕がすべて十七倍以上にしてやり返してやる」

「倍率が具体的すぎて怖いよ兄上。だいいち兄上は僕をダシにしてオトマール公をいじめたいだけだろう……」

沈痛なため息を零《こぼ》して、ディードリヒは「これ以上は邪魔《じゃま》のようだ」と言って去ってい

った。こんな状態のハインと二人きりにしないでほしい。

「とっ、ところでハイン様はどうしてこちらに？」

いまだ顔面の熱が引かないまま、アルマは必死に話題を変えた。

ああ、とハインは鬱陶《うっとう》しそうに髪を掻《か》き上げた。横目でちらりとミラルダの泉を一瞥《いちべつ》した後、つまらなそうに言う。

「野暮用《やぼよう》だ。たいしたことじゃない」

「そうですか」

それにしては一カ所に王族が集まりすぎていた気がする。オトマールも含《ふく》めれば、王位継承《けいしょう》権第一位から第三位までが勢揃《せいぞろ》いしていたのだ。

「気にするな。そうだ、おまえにはきちんと伝えておかなければならんな」

「なんですか？」

完全に気が緩んでいたアルマにとって、続くハインの言葉は不意打ちだった。

「フーゴを二人目の花冠画家にする」

第四章　契りの薔薇は二度咲くか

いっさいの光が差し込まない暗闇《くらやみ》の中で、アルマはぐっと息を殺していた。

扉《とびら》が開く音がして、数名の足音が部屋に入ってくる。見つかってしまうかもしれない、という思いが心拍《しんぱく》を速め、緊張《きんちょう》が身を硬《かた》くする。

「ここにもいないわ。てっきりアトリエでいじけてると思ったのに」

「王宮からは出ていないはずですわ。手分けして捜《さが》しましょう」

「こんな大事な日に、あの子ったらどこ行っちゃったのよ……」

女官《にょかん》たちの声と足音が遠ざかっていくのが聞こえて、ほっと安堵《あんど》の息を漏《も》らす。

その瞬間、頭上《ずじょう》の大きな蓋《ふた》が取り払われて光が差し込んだ。

「……いた」

レネが憐《あわ》れむような眼差《まなざ》しを向けてくる。

アルマは骨格《こっかく》模型の大きな木箱の中で、ハインリヒ八世と一緒に収まっていた。

「うら若き乙女《おとめ》が骸骨《がいこつ》と添《そ》い寝《ね》しないで」

「ちょっと暗闇とぬくもりがほしくて……」

「骨にぬくもりとかないから」

そう言って、レネは首から提《さ》げていた短笛《たんてき》を吹いた。

ピイィーッ！　と鋭《するど》い音が響《ひび》き渡り、ややあって女官たちが引き返してくる。彼女たちは木箱から顔を出しているアルマを認めると、目を吊《つ》り上げて乗り込んできた。

「ひいっ……！」

「アルマ！　見つけましたわよ！」

「今日はヤンセン卿《きょう》の花冠契約《かかんけいやく》の儀式《ぎしき》の日でしょう！　早く支度《したく》をするわよ！」

次々と女官の手が伸びてきて、アルマを木箱から引っ張り出そうとする。

アルマは摑《つか》まるところがなく、しかたなくハインリヒ八世の背骨を抱きしめて抵抗《ていこう》する。

「い、行きたくありません！」

「往生際《おうじようぎわ》が悪いわよ！　なんで婚約者が現れたときよりショックを受けるの！」

「っていうか婚約者のときは麦粒《むぎつぶ》ほどもショック受けてなかったわよ、この子……」

「ハインリヒ様が二人目の花冠を召《め》されたのがそんなに不服ですの？」

不服というわけではないのだ。

ハインは事前に「アルマにとって不本意なことをする」と宣言していた。

それがフーゴとの花冠契約だったのだろう。

偽《にせ》ベアトリーセは契約の絵筆に強い興味を示していた。本物のベアトリーセを誘拐《ゆうかい》した犯人から、主《あるじ》を助けたければ契約の絵筆を手に入れてこい、などと脅迫《きようはく》を受けている可能性が高い。

ベアトリーセ救出のために契約の絵筆が必要であり、そのためには花冠契約の儀式を行う必要があるのはわかる。そして、花冠画家を望んでいる画家たちの中で、フーゴが最も適任なのも理解している。

頭では理解しているのだ。それがショックかどうかは別問題だ。

(たとえベアトリーセ様を救出するためとはいえ、契約の儀式をしてしまったら、フーゴくんはハイン様の花冠画家になってしまう……)

フーゴはアルマの実力を自分より下と見ているふしがある。事実そうだろう。アルマはしょせん画家見習いから這《は》い上がれなかった人間だ。官展での入選歴もない。

そんなフーゴが二人目とはいえ花冠画家になってしまったらどうなるか。

(わたし、絶対干される……!)

神懸かりというだけでお飾りの花冠画家決定だ。異能が必要なとき以外は、出番なんて一度としてもらえないだろう。

そう思うと、のんきに儀式の見物などする気になれなかった。

「あの、わたしは具合《ぐあい》が悪いので参加を見送ります!　あ、なんだか熱が……」

「平熱」

即座にレネがアルマと自分の額《ひたい》に手を当て、仮病を看破《かんぱ》した。

嘘《うそ》はつくだけ無駄《むだ》だと悟《さと》り、今度は正直に心情を告白する作戦に出る。

「フーゴくんの儀式なんですし、別にわたしに参加義務があるわけでも……」

「黙《だま》らっしゃい！」

即座に返され、またしても作戦は失敗に終わる。

「あなたは一人目の花冠画家でしょう！　もっと堂々としていなさい！」

「二人目に引け目を感じてどうするの！　愛人でも花冠画家でも、二人目より一人目の方が立場が上と決まってるでしょ！」

「そうですわよ！　むしろ儀式の間中睨《にら》みつけて、トチらせておやりなさい！」

「その程度でトチるような人では……」

国王の即位記念式典にぼろぼろの格好《かっこう》で登場し、大声で軽薄《けいはく》な挨拶《あいさつ》をするような少年だ。軽く見積もっても、アルマの数十倍は肝《きも》が据《す》わっている。

「うじうじ言わない!!」

「あなたは黙って着替えさせられてればいいの！」

「そうですわよ、おとなしくわたくしたちの着せ替え人形におなりなさい！」

「ひいあああ、助けて八世ーっ！」

「無理」

ハインリヒ八世の代わりにレネが答えて、アルマの手を骨の模型から引きはがす。

女官たちは絶妙の連携《れんけい》でアルマを木箱から引っ張り出すと、両脇《りょうわき》を抱《かか》えて罪人のように連行していった。

あっという間に〈紅玉《こうぎょく》の宮《みや》〉へ担《かつ》ぎ込まれ、居室で待ち構えていたカトリーネの前で床に下ろされた。

「まったく。世話が焼けてよ」

「……申し訳ございません」

「まあ、あなたの気持ちもわからなくもないけれど。フーゴ・ヤンセンは国内有数の実力者だもの」

アルマは思わず顔を上げてカトリーネを見上げた。

「フーゴくんの作品をごらんになったことがおありなんですか?」

「官展で何度か、ね。特に昨季の入選作品『絶命した神懸かりレーマンと慟哭《どうこく》するフリードリヒ王子』は素晴《すば》らしかったわ。若干《じゃっかん》〝やってやったぜ感〟が出すぎていて鼻についたけれど、実力は確実にあなた以上ね」

「…………」

何も言えず、唇《くちびる》を噛《か》みしめて手を握《にぎ》りしめる。

「でも、だからどうしたと言うの？」

「え……？」

「あなた、忘れているのではなくて？　花冠画家は王族の人生の記録係。国内で式典があれば帯同し、国外で会談があれば随行《ずいこう》する。王族の同行者としての品格が求められるの。ただ絵が上手《うま》いだけでは不充分。そういう意味では、あたくしが見るかぎりフーゴ・ヤンセンは花冠画家失格ね。言葉遣《づか》いも紳士《しんし》らしくない態度もまるでダメ。礼儀《れいぎ》作法を叩《たた》き込むまでとても連れ歩けないわ」

カトリーネはぱちんと扇《おうぎ》を開いて、やれやれとため息をつく。

「あなたも少し危なっかしいところはあるけれど、この前の式典での立ち振る舞いは見事だったわ。あたくし、思わず惚《ほ》れ直したもの。もっとも……だからといって、実力で負けたままでいいわけではなくてよ」

びしっと鼻先に扇を突きつけられ、アルマは少し仰《の》け反《ぞ》ってしまう。

「あなたはまだ若いわ。これからもっと上手くなれる可能性がある。フーゴ・ヤンセンが上手くて悔《くや》しいのならば、死ぬほど練習して這い上がって、彼を超えてみせなさい。戦う前から負けを認めるなんてこのあたくしが許さなくてよ」

厳《きび》しくも温かい言葉が身に染み込んでくる。

じわりとこみ上げてきた涙《なみだ》を手の甲《こう》で拭《ぬぐ》って、アルマは力強く頷いた。

「……はい。わたし、負けません！」

「よろしくてよ。まったく、こんなこと本来あたくしが言うことではないのに。それもこれもハインが女心をわかっていないのがいけなくてよ。せっかくこのあたくしが引き下がってやったというのに……」

「あの、カトリーネ様は少し前までわたしとハイン様の仲を反対されてましたよね？　どうして認めてくださったんですか？」

カトリーネが珍《めずら》しく閉口する。

その後ろで女官たちがひそひそと囁《ささや》いた。

「……そりゃ二人が別れたらアルマが王宮から……」

「あたくしは！」

カトリーネが声を張りあげて女官の囁きを掻《か》き消した。

「あたくしは……アルマ、あなたに幸せになってほしいからよ」

だが声高《こわだか》だった口調《くちょう》はすぐに萎《しぼ》んで、落ち着いた、噛みしめたような声音《こわね》になる。

いつもと違う主の様子に、みな異変を感じて息を呑《の》んだ。

「なぜ、あたくしが花嫁修業《しゅぎょう》でさまざまな特殊《とくしゅ》技能を教えていると思って？　他人の力なんて頼らなくても、自力で幸せを摑み取る力を身につけさせてあげたいからよ。結婚して幸せになれるとは限らないわ。結婚相手はもしかしたらとんでもないろくでなしで、あなたたちを不幸にするかもしれない……」

後半は、自分のことを語っているのかもしれない。

第三王妃《おうひ》として輿入《こしい》れしたとき、カトリーネは十六歳の少女だった。第一王妃、第二王妃が立て続けに亡《な》くなった直後の結婚で、どれだけ不安でいっぱいだったか、アルマなどには想像もつかなかった。

そのうえ、国王は最愛の第二王妃を忘れられず、カトリーネとの間に子はもうけなかった。国王が必要としていたのは王妃の席を埋《う》める女性であり、妻ではなかったのだ。

みずからの発言でしんみりとしてしまった雰囲気《ふんいき》に気づいたのか、カトリーネは珍しく少しはにかんだ笑みを浮かべて、一同を見渡した。

「でも、何か特別な技能があれば、技能がない場合よりも少しだけ幸せに近づける力となるはずだわ。あたくしは、あなたたち全員が世界一幸せになることを望んでいてよ」

「カトリーネ様……！」

女官たちは一様に両手の指を組み、潤《うる》んだ瞳《ひとみ》で主を見つめる。感極《かんきわ》まって涙を流している者もいる。小さくすすり泣く声と、ハンカチで洟《はな》をかむ音が響いた。

「さあ、アルマ。あなたにとっての幸せの第一歩よ――何色のドレスがよくて？」

カトリーネがとびきりに美しく気高い笑顔で問うてくる。

アルマは懐《ふところ》から紫水晶《アメジスト》の髪飾《かみかざ》りを取り出して、答えた。

「この髪飾りによく合う、契約の証《あかし》と同じ濃紫《のうし》のドレスをお願いします」

「戦う女の顔になったわね」

髪飾りを受け取ると、カトリーネは不敵に告げる。

「よろしくてよ。ドレスは女の戦装束《いくさしょうぞく》。今日だけは、あたくしより美しくなることを許して差し上げるわ」


ハインは自室で装束を儀礼《ぎれい》用のものに取り替えていた。

花冠契約の儀式に臨《のぞ》む際の衣装について、王室典範《てんぱん》に細かい記載《きさい》がある。

原則として、手の甲に紫《むらさき》色の薔薇《ばら》の絵さえ描けば契約は成立したと見なされるが、実際は儀式を行う場所に服装、儀式の進め方など詳細《しょうさい》に決められている。実際問題、アルマと契約したときは規定を無視したがために、少々揉《も》めるはめになった。

「私には、兄上が何を考えているのかわからない」

長椅子《ながいす》に寄りかかりながらディードリヒが不満を口にする。

珍しく異母兄《いぼけい》の部屋に入り浸《びた》って着替えを眺《なが》めているのは、彼なりの抗議《こうぎ》の意思表示なのかもしれない。

(こいつもアルマを気に入っているからな)

もしかけもちが許されるのなら、彼もまた彼女を花冠画家に召《め》し抱《かか》えたいはずだ。

「わからないままで結構《けっこう》。知れば面倒《めんどう》なことになるぞ」

「やはり何か企《たくら》んでいるんだな。私を巻き込みたくないなんて、いまさらじゃないか」

「いや、むしろ巻き込みたいくらいだ。おまえはちょっと可哀想《かわいそう》なことになるが、そのぶん僕のリスクは軽減される。不本意ではあるが、おまえが望むのなら計画に巻き込んでやってもいい」

「……遠慮《えんりょ》しておくよ。生死の境《さかい》をさまようのは一度で充分だ」

ディードリヒは一度ハインをかばって毒杯を呷《あお》ったことがある。

死にはしないと確信したうえでの行動だったそうだが、もうこりごりだという態度から相当苦しい思いをしたのはあきらかだ。

ハインは小さく苦笑してタイピンを替え、普段使いの手袋を外《はず》した。

右手の甲に描かれた紫色の薔薇に目を落とす。

アルマが描いた契約の証は、相変わらず先々月に描かれたときのままの鮮《あざ》やかな発色を保《たも》っている。契約の絵筆に宿る神聖な力が、顔料を肌に定着させているのだ。

「本当にまったく色あせないのか。すごいな」

ディードリヒは目にする機会があまりない契約の証に興味津々《きょうみしんしん》だ。

優秀な画家が描いた証は決して傷つけられず、魔をはねのける力があるという言い伝えがある。アルマの描いた薔薇は手を洗っても湯浴《ゆあ》みをしても、手袋の着脱《ちゃくだつ》で何度生地と擦《こす》れようとも、顔料が剝《は》がれるどころか色あせもしなかった。

「正直、色あせてしまっても構《かま》わないと思っているのだがな」

「……本気で言っているわけではないだろうな？」

「わりと本気で言っている。僕はアルマが優秀な画家だと思ったから花冠画家にしたわけじゃない。きっかけこそ神懸《かみが》かりだと判明したことにはあるが……自分の人生をその筆に託《たく》せるのはアルマしかいないと感じたからだ」

手袋をしっかりと指先まで通してから、ハインはゆっくりと振り返った。

眼鏡《めがね》の奥の眼差しにはわずかな動揺《どうよう》が見て取れる。ディードリヒがここ数日、花冠画家の選定で悩んでいたことはなんとなく察していた。

「人生の大事な局面で誰をそばに置きたいか。見守っていてほしいと思える相手は誰か。花冠画家にはいいところだけでなく、悪いところも情けないところも何もかも、嘘偽《うそいつわ》りのない自分をさらけ出すことになる。その眼差しを信じ、指先を信じられる画家は誰か……おまえは焦《あせ》らず、じっくり見極《みきわ》めるといい」

即断した自分が言うのもなんだが、と胸中で肩をすくめる。

ディードリヒはふて腐《くさ》れた態度で長椅子の背もたれの上に両肘《ひじ》をついた。

「……なんだか、花嫁探しより大変そうだ」

「結婚は政治だからな。大事なのは自分と国にとってどれだけ有益かどうかであって、感情はままならない。だが花冠画家は別だ。王族が唯一《ゆいいつ》好き嫌《きら》いで選べる相手だ」

そういう意味で、自分は最高の相手を選べたと自負している。

手袋の上から契約の証をそっと撫《な》でると、呆《あき》れたため息が聞こえてきた。

「助言はありがたいが、兄上は一つ間違っている」

「なんだ？」

「王子だからといって、花嫁を好き嫌いで選んではいけないということはないはずだ。まさか、本当にアルマを愛人にしてしまうつもりではないだろうな？」

眼鏡の位置を押し上げながら言う。そんなことは許さない、と言わんばかりだ。

「どうだろう。アルマがそれを希望しているからな」

「…………」

「冗談《じょうだん》だ。人間のクズを見る目で僕を見るな。それについてもちゃんと考えている」

「本当だろうな？」

心なしか、最近とみに弟からの評価が落ちてきている気がする。

自堕落《じだらく》な生活をしていた頃の方が兄として信頼されていたというのも皮肉な話だ。しかたがない。これも日頃の行いだ。

殿下《でんか》、と扉越しに窺《うかが》いの声がかかった。

王室典範により、花冠契約の儀式は王宮内にある聖堂で行うことになっている。

そろそろ聖堂へ行く時間かと思ったが、そうではないらしい。〈翡翠《ひすい》の宮〉の警備の指揮を任《まか》せている近衛《このえ》隊長のルドルフが神妙《しんみょう》な顔で入ってきて、手紙を差し出した。

「殿下、さきほど女官がこのようなものを」

それを受け取り、ペーパーナイフで封蠟《ふうろう》を剝がして中身を確認する。

『狼《おおかみ》が畑に紛《まぎ》れ込んだ。葡萄畑《ぶどうばたけ》を荒らす可能性あり。捕《と》らえるべきか、見過ごすべきか。収穫祭《しゅうかくさい》の準備は整っている』

「なんだ、その手紙は？」

ディードリヒが書面を覗《のぞ》き込み、怪訝《けげん》そうに眉根《まゆね》を寄せて眼鏡を押し上げる。肉食の狼が葡萄を狙《ねら》うという表現が引っかかるのだろう。もちろん収穫祭の時期でもない。

ハインは弟の問いには答えず、ルドルフに「ちょっと待っていてくれ」と言って書き物机の引き出しから真新しい便箋《びんせん》を取り出した。

インク壺《つぼ》に羽根ペンを突っ込み、とりいそぎ返事を書く。

『収穫祭は予定どおり開催《かいさい》する。村娘《むらむすめ》たちも着飾らせた。狼は放っておけ。毒餌《どくえさ》は撒《ま》いてある。ただし踊《おど》り子は近づかせるな』

手紙をざっと折り畳《たた》むと、燭台《しよくだい》の炎で封蠟を溶かして垂《た》らし、印璽《いんじ》を押して封印する。ふっと息を吹きかけて軽く冷《さ》ましてから、それをルドルフに手渡した。

「手紙を持ってきた者に渡してくれ。質問は受け付けない」

「……承知しました」

ルドルフは不満を顔に出しつつも口には出さず、一礼して去っていった。

ディードリヒは辞去する騎士の背中を見送ったあと、眼鏡の奥の双眸《そうぼう》を不審《ふしん》そうにきらめかせた。

「本当に何を企んでいるんだ？　いまの暗号みたいな手紙はなんだ？　さっき言っていた計画というのは何のことなんだ？」

「聞くからにはおまえにも巻き込まれてもらうぞ。それでもいいのか？」

意地悪く聞き返すと、弟はしばし逡巡《しゆんじゆん》したあと、神妙に頷いた。


アルマは小さな覚悟《かくご》を胸に、柱廊《ちゆうろう》を歩いていく。

肩が大きく開いているが決して胸元は深くない。袖口《そでぐち》は肘から先が華《はな》やかに広がっており、幾重《いくえ》にも重ねたシフォンの襞《ひだ》が美しい。

葡萄色の生地の要所に黒いレースをあしらっており、大人びた雰囲気を演出している。ドレスに合わせて髪は珍しく結《ゆ》い上げてもらった。細かく編み込んだ黒髪の右耳の上に飾られているのは、もちろん薔薇を模《も》した紫水晶《アメジスト》の髪飾りだ。

ひんやりとした石の花弁にそっと手を触《ふ》れる。それだけで力が湧《わ》いてくる気がした。

（儀式はちゃんと見届けるわ。それが終わったら、今度こそアトリエにこもって肖像画《しょうぞうが》を仕上げる。ううん、描き直すわ）

筆先に魂《たましい》が載《の》らないとわかっているものを、いつまでもいじっていてもしかたがない。思いきって一から描き直した方が早いだろう。

（下手《へた》なくせに焦って上手く描こうと背伸びをするからダメなのよ。わたしらしい絵にするわ。ハイン様はわたしの絵を好きだとおっしゃってくれたんだし……ん？）

ふと目の前に影が差した気がして、アルマは顔を上げた。

思わず絶句した。

いつの間にか、前方に赤毛の男が立ち塞《ふさ》がっている。

数日前、深夜のミラルダ宮《きゅう》の前で遭遇《そうぐう》した男だ。図体《ずうたい》の迫力以上に、猛禽類《もうきんるい》のような眼差しの威圧感《いあつかん》に射《い》すくめられる。

「聖堂には近づかない方がいい」

「……どうしてですか？」

それだけ言い返すのがやっとだった。喉《のど》が渇《かわ》き、ひりつく感覚がある。

「わたしはハイン様の花冠画家です。二人目の花冠画家の儀式をきちんと見届けます。そう決めたんです。邪魔《じゃま》をしないでください」

「あなたを保護せよと、我が君の命令だ。事情を説明している時間はない。私と一緒に来てもらおうか」

「嫌《いや》です！　は、放して……」

大きな手に手首を搦《から》め捕られ、振り払おうとしてもびくともしない。

（そうだ、カトリーネ様直伝《じきでん》の護身術！　こんなときには急所を……）

思いきり足の甲を踏《ふ》みつける。

だが、硬い感触がしただけで男は顔色一つ変えなかった。

「なるほど。聞きしに勝《まさ》る面倒な娘のようだ」

「放してって言ってるじゃないですか！　大声をあげますよ！　もうあげてますけど！」

ぎゃあぎゃあとわめき散らしながら男の足を蹴《け》りまくり、腕を振り払おうともがいていると、ふとたくましい腕に別の手がかけられた。

「嫌がっている女性に無理強《じ》いはいけないな」

「オトマール様……！」

彼も花冠契約の儀式を見学するつもりなのだろうか。運がよかった。

オトマールは榛《はしばみ》色の眼差しでじろじろと赤毛の男を値踏《ねぶ》みする。

「見かけない顔だね。どうやって王宮に入り込んだ？　……いや、待て。その顔、どこかで見た気もするな」

「………」

懸命《けんめい》に記憶の奥を探《さぐ》るオトマールに対し、赤毛の男は沈黙《ちんもく》を守っている。

と、どこからか慌《あわ》ただしい足音が近づいてきた。

「モーゼス公爵、いかがなされましたか!?」

「そ、その男は……」

アルマの声を聞きつけたのか、若い騎士たちが駆《か》け寄ってくる。

赤毛の男が煩《わずら》わしそうに一瞥《いちべつ》する。鉄壁《てっぺき》に見えた表情に初めて苛立《いらだ》ちが生まれた。

「暴漢だ！　即刻捕らえて牢《ろう》に放り込め！」

オトマールが声を張りあげて指示をすると、騎士たちは腰の剣に手をかけながら男のもとへ突進していく。

ちっ、と舌打ちを漏らして、男はアルマから手を離し、踵《きびす》を返して走り去った。

「待て！」

騎士たちが追撃《ついげき》するのを見送って、アルマはようやく吐息《といき》をついた。摑まれていた手がじんじんと痛む。見ると、手首に赤い手の跡《あと》がはっきりと残っていた。

「大丈夫《だいじょうぶ》かい？」

「はい。ありがとうございました」

「礼には及《およ》ばないさ」

オトマールが肩をすくめる。

こうして見ると彼は髪の色や顔立ちこそ違うものの、骨格や立ち振る舞いなどがハインに結構似ている。異母弟《いぼてい》のディードリヒよりもよほど兄弟に見えるかもしれない。きっと二人とも王家の血を濃《こ》く継《つ》いでいるのだろう。

（仲がよろしくないのもそのせいかしら）

同族嫌悪《けんお》って言葉もあるし、などと考えている隙《すき》にさりげなく手を取られていた。

オトマールがアルマの赤くなった手首を指先でつうっと撫でる。ぞくりと肌が粟立《あわだ》ち、思わず手を引っ込めると、苦笑されてしまった。

「そんなに怯《おび》えなくても、ハインリヒは先に聖堂入りしているからここにはいないよ」

「……すいません」

決してハインを気にしての行為《こうい》ではなく反射的な反応だったのだが、手を引っ込めたのは不躾《ぶしつけ》だったかもしれないと反省して口を濁《にご》す。

「さきほどの方はお知り合いなのですか？」

「どこかで会った気がするのだがね、どうにも思い出せない。もしかしたら子どもの頃かもしれないな。退役《たいえき》した騎士の可能性もある」

「確かに、よく鍛《きた》えられた体つきをしていましたね」

　こんな出会い方でなければじっくりと観賞したいくらいだった。

　アルマの理想とする肉体美よりは多少細身だが、絵画《かいが》のモデルとしては理想的だ。いつか宗教画を描く機会があったら、戦神《せんじん》のモデルを頼みたいところだ。

「ああいう男が好みかい？」

「強いて言えば、髪と顔立ちはハイン様で瞳の色はカトリーネ様、唇のかたちはディードリヒ様で体つきはトビアス様、声はデュムラー卿みたいな方が好みです」

「……かなり具体的だが、バランスは悪そうだね……」

　ごぉん、と午前九時を知らせる鐘《かね》の音が響いた。儀式がはじまる時間だ。

「申し訳ありません、わたしはそろそろ行かないと」

「ちょうどよかった。私も花冠契約の儀式は見学させてもらおうと思っているんだ。聖堂の入り口までエスコートさせてくれ」

　ごく自然に肩へ腕《うで》を回されてしまう。

　断るわけにも振り払うわけにもいかず、アルマはそわそわしながらオトマールと連れ立って小道を進んだ。今度こそ周囲の目が気になった。幸い誰にも行き会わなかったが、万が一ハインに出くわしたらと思うと気が気ではない。

（また石を投げるかも……その前に、またさっきの人が戻ってきたら）

そもそもあの男はなぜアルマを攫《さら》おうとしたのだろう。我が君というのは誰なのか。

綺麗《きれい》に剪定《せんてい》されたポプラの並木に通りかかったとき、はたと思い至った。

「そっか、描けばよかったんだ……！」

「何をだい？」

アルマはドレスの隠しポケットに手を突っ込んだ。指先が小さな小瓶《こびん》に触れる。同じく聖堂で儀式を見学予定の偽ベアトリーセに返そうと思って持ってきたものだが、もちろんいま用があるのはこちらではない。

小さなケースを引っ張り出す。ハインからもらったパステル入れだ。

「今度またさっきの方に出くわしたら〝青の絵〟を描けば……」

彼の本当の目的がわかるかもしれない。

そう言いかけたとき、ふと首筋に突き刺《さ》すような痛みを感じて、思わずパステル入れを落としてしまう。

「っつ、何が……」

顔をしかめつつ患部《かんぶ》に手を伸ばすと、指先に細いものが当たった。

摘《つま》んで引き抜き、目の前へ持ってきてぞっとする。

細い針だった。

「何これ……」

「どうかしたかい？」

心配そうに覗き込んでくるオトマールの顔が、ぼやけて判別できなくなる。

誰か、と助けを呼ぶ声も出せないまま、アルマは意識を失った。


厳《おごそ》かな空間に、儀礼用の乳香の匂《にお》いが満ちていた。

ハインは祭壇《さいだん》前に用意された椅子《いす》に腰掛《こしか》けて、ぼんやりと天井《てんじょう》を見上げていた。

曲線を描く尖塔《せんとう》状の天井には世界創造の瞬間が描かれており、創世の絵筆を握る主神が聖堂に集まった人々を見守るように見下ろしている。父によく似た顔の主神までもが儀式の瞬間を待っているかのような錯覚《さっかく》を覚え、ひどいばつの悪さを感じた。

（アルマに謝るだけではすまなそうだ）

「なーんかいいよなあ、こういうの。俺、注目されるのって大好き」

近くの丸椅子にはフーゴが腰掛けており、さきほどからしきりに足を揺《ゆ》すっている。

儀式のために衣装を仕立てて着飾らせたが、いかにも「衣装に着られている」といった様子でまったく似合っていない。それ以前に、足を揺するのをやめてほしい。

(腕はいいのだがな。花冠として連れ歩くとなれば教育が必要そうだ)

軽い疲労《ひろう》を感じながら、こっそりと内陣《ないじん》を見渡した。

内陣の王族席には国王テオドシウスとカトリーネが静かに腰掛けている。互いに視線も交わさなければ言葉も交わしている様子はない。

左隅《すみ》には儀式の様子を描くための花冠画家席があり、王の花冠画家エーファルトがイーゼルに画板を立て掛けている。ディードリヒの姿はどこにもなかった。

身廊《しんろう》には通路を挟《はさ》むかたちで一般席がもうけられ、第一王子の第二花冠画家が誕生する瞬間を見届けるために集まった王侯貴族たちで埋まっている。

その中には、バルテルス侯爵とベアトリーセに扮《ふん》した侍女の姿も見えた。

あれだけハインたちに花冠画家を召し抱えるようしつこく勧《すす》めていたくせに、彼らの表情は暗鬱《あんうつ》に曇《くも》ったままだ。はたして儀式を行わせることはできたが、自分たちの期待どおりの結果が得られるのか、不安でたまらないのだろう。

(ベアトリーセが誘拐されたままでは、無理もない)

極秘裏《ごくひり》に捜索《そうさく》へ行かせた者たちからの報告はまだない。

大きな鐘の音に、ハインは思考を打ち切った。

正装姿の騎士たちによって大扉が開かれ、五人の神官が隊列を組んで入ってきた。

先頭の二人と後ろの二人が鈴のついた錫杖《しゃくじょう》を鳴らし、真ん中を行く年老いた宮中神官長が銀の盆《ぼん》を掲《かか》げている。銀の盆には長方形の木箱が載せられていた。木箱の表面には細かい荊模様が刻まれており、蓋には王家の紋章である三つの薔薇と獅子《しし》が彫られている。

彼らがもう少しで内陣まで辿《たど》りつくというときだった。

不意に、身廊で白い煙《けむり》が上がった。

火事か、演出か。貴族たちの間で小さなどよめきがあがり、それが次第《しだい》に広がっていく。

煙の出所は一カ所だけではなかった。複数の箇所《かしょ》から白煙《はくえん》が噴《ふ》き出し、あっという間に王侯貴族たちの姿と声を、そして神官たちの姿を包み込む。煙幕《えんまく》はみるみるうちに膨《ふく》れあがり、身廊のみならず内陣にまで広がり、視界が白一色に染まった。

「何事だ！」

国王の怒声《どせい》が響くが、答える者はいない。

「はああ⁉　どういうことだよ、これ……うぇほっ、げほっ！」

近くでフーゴの声がした。叫《さけ》んだせいで煙を吸い込んだらしく、激しくむせる声が続く。

（さて……どう来る？）

ハインはハンカチで口と鼻を塞ぎながら、目を細める。

視界は白一色で何も見えない。ただあちこちから聞こえてくる悲鳴と物音から、混乱した人々が逃げようとしていらぬ騒《さわ》ぎを起こしているのはわかった。

「火事だ！　逃げろ！」

「痛い！　いま押したのは誰⁉」

「何をする！　それは……」

最後に聞こえたのは宮中神官長の声だ。彼が契約の絵筆を運んでいたことを考えると、何が起きたのかは想像できる。

ハインはハンカチ越しにすうっと息を吸い込んでから、少しだけ布地を口元から離して声を張りあげた。

「何をしている！　窓を開け放て！」

騎士たちの硬い靴音《くつおと》が響き、側廊の窓が次々と開け放たれた。空気が流れるようになり、ゆっくりと煙が晴れていった。

煙が消えていき、徐々《じょじょ》に聖堂の様子が見渡せるようになってくる。

身廊にはほとんど人の姿が見られなくなり、その代わり我先に逃げようとして躓《つまず》いたらしき貴族たちが扉の前で折り重なるようにして倒れている。

出遅《でおく》れたおかげか運のよさか、人の雪崩《なだれ》に巻き込まれなかった貴族たちが思い思いの叫び声をあげて、彼らを踏み越えるようにして聖堂の外へ飛び出していった。

「へ、陛下《へいか》！」

内陣《ないじん》の手前でひっくり返っていた宮中神官長が、傷《いた》めた腰を押さえながら泣きそうな声をあげる。

「契約の絵筆が！　契約の絵筆がございませぬ！」

足元には銀の盆と蓋の開いた木箱が転がっているのみで、透《す》き通った柄《え》の絵筆はどこにも見あたらなかった。


ややあって、さきほど逃げ出していった貴族の一人が慌てた様子で駆け戻ってきた。

「だ、誰か来てくれ！　外で騎士が倒れている！」

「次から次へと……いったいなんなのだ！」

怒《いか》りの形相《ぎょうそう》で外へ出ていく父王に続いてハインも大扉をくぐると、貴族たちの報告どおり、聖堂の前に倒れている騎士の姿があった。

それも一人や二人ではない。聖堂の警備を任されていたはずの騎士たちが全員、地面に伏せたり、壁に寄りかかってぐったりと座り込んだりしている。

近寄って首筋に手を当てると、脈動《みゃくどう》が感じられた。生きている。

「眠らされただけのようだ」

「いったい何が起きている。ハインリヒ、おまえは何か知っているのではないか？」

「なぜそう思う？」

「花冠契約の儀式を行うと言い出したのはおまえだ。花冠画家ならば既《すで》に一人いるというのに、二人目を雇《やと》うと言う。アルマ・クラウスを軽《かろ》んじるようなやり方はおまえらしくない。何か裏があると思っていた。それに、ディードリヒとアルマ・クラウスの姿がないのは、こうなることを予期して参加させなかったからではないのか？」

つい笑いそうになった。思いのほかいいところを突いてくる。

さてどう答えたものかと考えていると、見覚えのある女官が駆け寄ってきた。

レネだった。いつも感情に乏《とぼ》しい顔をしている彼女が、今日は怒りに満ちた視線を向けてくる。国王の前でなければ殴《なぐ》りかかってきていたかもしれない。

レネはハインの前で足を止めると、何かを乱暴に突きつけてきた。

「小道に落ちていた。どういうこと？　アルマに何をしたの」

ハンカチに包まれた細い針と、見覚えのあるパステル入れだった。

ひとまず両方とも受け取った。パステル入れはアルマが落としていったものだろうが、針がわからない。慎重《しんちよう》に摘み、先端《せんたん》を鼻先に近づけて匂いを嗅《か》いでみる。

かすかに、百合《ゆり》に似た甘い匂いがする。毒だ。が、猛毒ではない。一定時間、気を失わせる効果のある特殊な薬品だ。

アルマの身に何が起きたのか悟り、思わず毒づく。

「……ゲオルクめ、失敗したな」

ハインには犯人がアルマを殺すことはないという確信はある。

しかし五体満足だからといって無事とは限らない。少し想像力を働かせただけで、腸《はらわた》が煮《に》えくり返りそうだ。

「ゲオルクというのは元騎士のゲオルク・メーリングのことか？　確か、城下をぶらぶらしていた頃におまえと行動をともにしていたようだったが」

「なんだ、知っていたのか」

「当たり前だ。ゲオルクがついていたから大目に見てきたのだ。だがゲオルクとつるんで面倒事を引き起こそうとしているのだとしたら話は別だ。今度は何を企んでいる？　答えぬのなら、力ずくでも吐《は》かせることになるぞ」

父王が鳥を落とせそうな恐ろしい目つきで詰め寄ってくる。

恫喝《どうかつ》されてというより自分の思考を整理するために、ハインは口を割った。

「契約の絵筆を奪《うば》った犯人と、アルマを拉致《らち》した犯人は、おそらく同一人物だ」

「……アルマが拉致された？」

「どういうことだ？」

レネと父が続けざまに訊《たず》ねてくる。

「過去に神懸かりを花冠画家にしておきながら戴冠《たいかん》しなかった王族は、先王の退位前に神懸かりを死なせてしまったフリードリヒ王子ただ一人だからだ。言い換えれば、神懸かりを花冠画家にすれば次の王位は約束される、とも受け取れる」

アルマを攫い、自分の手に契約の絵筆で紫の薔薇を描かせる。

そうすればハインの右手の甲から契約の証は消滅《しょうめつ》し、犯人の手の甲に描かれた〝王位を約束された証〟が正式なものとなる。契約の絵筆は使用後に隠《かく》すなり破壊《はかい》するなりしてしまえば、証が奪い返される心配もない。

「だが待て。ユグドリスは神に守られた国だ。建国の女王ジークリットの血統に連ならぬ者が玉座を簒奪《さんだつ》すれば、必ず天変地異が起こり、天罰《てんばつ》が下るだろう。王族でもない者が王位についたところで……」

事情を察したらしい父王が言葉を呑み込んだ。その表情に頷いてみせる。

「そうだ、犯人は王族だ——だから、これはあくまで僕たちの問題だ。おまえたちが気に病《や》む必要はない」

ハインは言いながら父の肩越しに声をかけた。

父の後ろにはバルテルス侯爵と偽ベアトリーセが不安そうな顔を並べて立っていた。偽ベアトリーセは大きな胸の前で手を組み、琥珀《こはく》色の双眸を潤《うる》ませている。

「二人とも、どうしたのだ」

父が振り返って不審そうに二人と、そしてハインを見比べる。

詰問《きつもん》されるのは面倒なので、懐から二枚の画紙を取り出して差し出した。

「これは……？」

「アルマが神懸かりの力で描いた〝黄の絵〟だ。絵姿などを見ながら黄色の絵の具で描くと、神懸かりの力が発現して、モデルの肉体が現在置かれている状況が絵に現れるそうだ」

黄の絵は二枚ある。

一枚はベアトリーセが偽者だと判明した後、アトリエで描かれた絵だ。囚《とら》われのベアトリーセの姿が表現されており、窓の外には針葉樹の森が見下ろせる。

もう一枚も囚われのベアトリーセを描いたものだが、窓の外には夜空が広がっており、円に近い月と星々が浮かんでいる。アルマに夜になったら描けと命じておいたものだ。

「これは、まさしくベアトリーセ……！」

王の手元を覗き込んだバルテルスが悲痛な声で娘の名を呼び、画紙を手に取った。愛嬌《あいきょう》のある赤ら顔は悲しげに歪《ゆが》み、小高い頰を涙の筋が落ちていく。

「なんと痛ましい姿なのだ……すまない、私が目を離さなければ、おまえをこんな目にあわさずにすんだだろうに……ふがいない父を許しておくれ」

泣き崩《くず》れる侯爵の姿に、娘の名を名乗る侍女も瞳を潤ませ、口元を両手で覆《おお》う。

「……状況が見えぬ。ハインリヒ、説明しろ」

ただ一人事情をわかっていない父に催促《さいそく》されて、ハインはざっと事情を説明した。

「そんな大事なことを、なぜ余《よ》に相談せんのだ！」

が、その反応は予想どおりすぎたので、ひとまず聞き流した。

「話を戻そう。アルマが描いたこれら二枚の絵から、本物のベアトリーセがゲルダー杉の森にある、高い塔《とう》の上階に囚われていることが推測できる。アルマがこの絵を描いた時刻と、月の見える位置、星座からだいたいの場所も特定した」

うああっ！　と感極まった声をあげ、偽ベアトリーセが地面に跪《ひざまず》いた。

「どうかベアトリーセお嬢様を助けてください！　あたしならなんでもします！　いままでの非礼の数々もお詫《わ》びしますし、どんな罰でもお受けします！　ですからどうか、どうかお嬢様を……！」

ベアトリーセの演技をやめ、素《す》の自分に戻った侍女が頬を涙で濡《ぬ》らして懇願《こんがん》してくる。

もとより彼女たちを咎《とが》めるつもりはない。バルテルスもベアトリーセも被害者《ひがいしゃ》だ。

ハインは神妙に頷いてみせた。

「既に現場には人を送ってある。こちらの動きが読まれないよう、兵士ではなく傭兵《ようへい》を雇って向かわせた。じきにいい報告ができるだろう」

「ありがとうございます……ありがとうございます！」

偽ベアトリーセが泣き崩れ、バルテルスが膝《ひざ》をついて彼女の肩を支えた。

「それで、その犯人というのは誰なのだ？」

焦《じ》れた国王が、不満そうな口ぶりで訊ねてくる。

ハインは少し躊躇《ちゅうちょ》したものの、正直に答えることにした。

「オトマールだ。ベアトリーセはゲルダー地方にあるあいつの別荘に囚われている」

ベアトリーセについてはもうほとんど心配をしていない。

問題はアルマだ。彼女がどこへ連れ去られたのか、見当もつかなかった。

（アルマ……）

パステル入れを懐に仕舞《しま》おうとしたとき、ことん、とケースの中でパステルが動く音がした。その小さな音に、ふと違和感《いわかん》を覚えた。

もしかして、という思いで蓋をずらし、中身を確認する。

パステル入れの中には、青と黄色のパステルが入っていた。赤がない。

「レネ。これを拾った場所に案内してくれ」

無愛想な女官は意味がわからないという顔をしつつも、黙って歩き出した。

第五章　秘密の儀式

目を覚ますと、華美《かび》な天蓋《てんがい》が目に飛び込んできた。〈紅玉の宮《こうぎょくのみや》〉の女官部屋《にょかんべや》にある自分の寝台《しんだい》ではない。

アルマは清潔《せいけつ》な敷布《しきふ》の上に横たわったまま、ぼんやりと室内を見回した。

どこかの客室のようだった。内装は全体的に品良く落ち着いており、壁《かべ》の一面が大きな鏡になっている。内装からしてカトリーネの寝室でもハインの寝室でもなさそうだ。ディードリヒの住まいである〈琥珀《こはく》の宮〉にあった鏡の間に少し似た印象はあるが、窓から見える景色《けしき》は王宮ではない。

どこだかわからない屋敷《やしき》で寝かされている。

服装は、花冠契約《かかんけいやく》の儀式《ぎしき》に参席する前に着替えた、葡萄《ぶどう》色のドレスのままだ。

「ここ、どこ？」

徐々にではあるが寝惚《ねぼ》けた頭が回転しはじめる。記憶はオトマールとともに聖堂へ向かっているところで途切れていた。

（確か、オトマール様と歩いているときに首のあたりがちくりとして……そうだ針！）

ぎょっとして跳《は》ね起き、首筋に手を当てる。

小さな痛みは残っているものの、もう何も刺《さ》さっていないことを確認してほっとする。そういえば、針は自分で引き抜いたのだった。

何がどうなっているのか、さっぱりわからない。

「わたし、もしかして拉致《らち》された？」

首筋に針が刺さって気を失い、気がついたら知らない場所にいる。何者かに襲《おそ》われて、拉致されたとしか考えられなかった。

オトマールは無事だろうか。そう思ったとき、気を失う寸前のことを思い出した。

どうかしたかい？　――あのときアルマの首に針を刺せた人物は。

（とにかくここは逃《に》げなきゃ。こんなときは乙女《おとめ》の秘法その第十二条。周りにあるものを利用して脱出《だつしゆつ》せよ）

普通の乙女ならばみずからの境遇《きようぐう》を嘆《なげ》いてしくしくと泣き出しているところだが、アルマは違う。伊達《だて》に何カ月もカトリーネのもとで花嫁修業《しゆぎよう》をしていない。

さっそく室内を見回してめぼしいものを探した。真っ先に目についたのは窓とカーテンだ。窓には特に鉄格子《てつごうし》などはかかっていない。窓辺に近づいて外を見下ろしてみると、三階くらいの高さで、下は海や川ではなく、通常の荒れた芝《しば》だった。

（うんうん、これならなんとかなりそう）

アルマはカーテンを摑《つか》んで思いきり引っ張った。

べりべりっ、と音がしてカーテンが留《と》め具《ぐ》から外《はず》れていく。そのまま引き裂《さ》いてロープを作っていると、唐突《とうとつ》に扉《とびら》が開かれた。

「なぜいきなりカーテンを破るのかね！　まずは扉が開くかどうかを確認するのが先だろう！」

入ってくるなり、声を荒らげて指摘《してき》してきたのはオトマールだった。背後には護衛《ごえい》たちの姿もあり、みな一様にどこか呆《あき》れた顔をしていた。

どうして自分がカーテンを引き裂いているのがわかったのだろう。不思議に思ったのもつかの間、すぐに気がついた。

鏡だ。この部屋の大きな鏡も〈琥珀の宮〉の鏡の間と同様に特殊な加工《かこう》を施《ほどこ》されていて、隣《となり》の部屋から覗《のぞ》けるようになっているのだろう。

（わたし、寝ている間にお尻《しり》を搔《か》いたりとかしてないわよね……？）

などと寝姿を見られたことで困惑《こんわく》している場合ではない。

カーテンから手を離すと、まっすぐにオトマールの顔を見つめ返した。

「わたしを拉致したのはあなたですか？」

「拉致だなんて、人聞きの悪いことを言わないでくれたまえ。私の屋敷に招待《しょうたい》して差し上げただけじゃあないか」

「首筋に毒針を刺して昏倒《こんとう》させ、運び込むことを『招待』と呼ぶとは知りませんでした」

「これでもかなり丁重《ていちょう》に扱《あつか》ったつもりなのだがね」

オトマールがおどけたように肩をすくめる。

一時の気の迷いとはいえ、ハインと似ていると思った自分が忌々《いまいま》しい。ハインならば絶対に女性に対して手荒な真似《まね》はしないはずだ。

オトマールと出会ったとき、これまで美人に出会ったときのような感動があまりなかった理由がわかった気がした。

微笑《ほほえ》みも甘い声も気障《きざ》なそぶりも、すべて嘘《うそ》で塗《ぬ》り固められているからだ。それも自分をよりよく見せるためのものではなく、他人を騙《だま》し、欺《あざむ》くためのものだ。

だがその嘘の仮面も、未熟とはいえ人の内面を描く画家には通じなかったというわけだ。

「本物のベアトリーセ様を攫《さら》ったのもあなたですか？」

「へえ。あれが偽者《にせもの》だと気づいていたのか。鈍《にぶ》そうに見えて案外鋭《するど》い。ああ、そういえば神懸《かみが》かりには隠《かく》し事《ごと》を見抜く能力があるのだったね」

「こんなことをして……いったい何がしたいのですか」

「君には紫《むらさき》の薔薇《ばら》を描いてもらう」

それが何を意味するのか、わからないアルマではない。

「わたしに、あなたの花冠画家になれとおっしゃるのですか？　わたしはハイン様の花冠画家です。彼に魂《たましい》と精神を捧《ささ》げたんです」

「それも今日までということだよ。ああ、断らない方がいい。何も知らない、いたいけな本物のベアトリーセを死なせたくはないだろう？」

事実上の脅迫《きようはく》に、アルマは唇《くちびる》を噛《か》みしめる。

「最初からそれが目的だったんですね。ベアトリーセ様を誘拐《ゆうかい》したのも、保管庫やミルダ宮をあさったのも、契約の絵筆を手に入れようとしていたのも、すべてはわたし、いえ神懸かりを花冠画家にするためだったんですね——王になるために」

神懸かりを花冠画家にした者は、神懸かりを死なせてしまったフリードリヒ王子という例外を除いて、みな玉座についている。

「そうだ」

とオトマールは意外にも素直に打ち明けた。

「我が父、イエレミアスは王だった。何事もなければ次の王は私のはずだった……だが、父は私が産まれる直前に不慮《ふりよ》の事故で命を落とし、王位は父の弟のテオドシウスが継《つ》いでしまった。本来ならば第一王位継承者《けいしようしや》は私であり、テオドシウスは私が六歳の誕生日を迎《むか》えて正式に王位につくまでの代役であるべきなのに、だ！」

ユグドリスの王室典範《てんぱん》では、王位を継げるのは六歳以上の王族と決められており、第一王位継承者たる王の第一子が六歳未満の場合は、六歳になるまでの間、一時的に代王を立てるよう定められている。

だが胎児《たいじ》に王位継承権は認められていない。オトマールが産まれるまでの間は、あくまで王の弟が第一王位継承者だ。テオドシウスの戴冠《たいかん》は決して奪われたものではないのに、オトマールはそれが受け入れられないようだ。

「現在の王位は簒奪《さんだつ》されたものだ。私こそが正統なる王位継承者だ。だというのに、ジークリットの血統は本来の幹から余剰《よじょう》の枝へと逸《そ》れてしまった……」

「だから、神懸かりを花冠画家にしようというんですか？　そうすれば次の王位は約束されたも同義だから」

「ものわかりがよくて助かるよ」

「わたしはあなたを助けるつもりはありませんが」

「だがベアトリーセのことは助けたいのではないかね？」

アルマはぐっと言葉を呑《の》み込んだ。

そのとおりだ。なんの罪もないのに巻き込まれたベアトリーセは、いまもどこか知れない場所で虜囚《りょしゅう》の身のままだ。

自分はハインに魂と精神を捧げている。彼のことは裏切れない。だが、ベアトリーセのことも見捨てることはできなかった。きっと、彼もそれは望んでいないだろう。

「……わたしがあなたの手に紫の薔薇を描けば、ベアトリーセ様は無事に解放してくださいますか？」

「もちろんだ。約束するよ」

オトマールは気さくに請け合った。もしこの状況を窓から覗いている者がいたとしても、この一言で人の命がやりとりされたとは到底《とうてい》思うまい。

沈黙《ちんもく》を承諾《しょうだく》と受け取ったのだろう。オトマールが破顔した。

「契約の絵筆は既《すで》に我が手にある。すぐに部下に絵の具の準備をさせよう。なに、面倒はかけさせないよ。君は私の手に薔薇を描くだけでいい」

「待ってください！」

部屋を出ていこうとするオトマールを慌《あわ》てて呼び止める。

ちっと小さな舌打ちを漏《も》らして、億劫《おっくう》そうに振り返る。

「この期《ご》に及《およ》んでまだ……」

「違います」

何か言われる前に、アルマは急いで否定した。

「せめて、顔料は自分で練《ね》らせてください。どんなに気が進まなくても、花冠契約は神に誓《ちか》う神聖な儀式《ぎしき》です。絵の具作りから自分の手でやらせてください」

「面倒な娘《むすめ》だね。わかったよ。すぐに材料を運び込ませよう。だが……時間稼《かせ》ぎなら無駄《むだ》だと言っておくよ」

「そんなつもりはありません。すぐにすませます」

　オトマールはつまらなそうに鼻を鳴らすと、今度こそ部屋を出ていった。


　私兵《しへい》らしき男たちによって部屋に顔料や道具が運び込まれると、アルマは「集中したい」と言って一人にさせてもらった。

　乳鉢《にゅうばち》の中で粉末状に砕《くだ》かれた顔料と画油《オイル》を乳棒でよく練るようにして混ぜ合わせる。

　花冠契約の儀式に使う絵の具は、赤と青だ。紫の顔料ではなく、この二色の絵の具を作ってから混ぜ合わせることで、魂と精神を捧げるという意味になる。

　赤い絵の具を作ったら、次は青だ。

　顔料によって使う画油などの展色剤の種類も量も異《こと》なる。それぞれに違う手順で顔料と画油などをじっくりと練り込みながら、考える。

　自分がこれからやろうとしていることは、きっと間違っている。

　しかし、ベアトリーセの安否《あんぴ》がわからない状況で、嫌《いや》だと拒否《きょひ》できるわけがない。

（やるしかない……わよね）

扉が開き、またオトマールが護衛を連れて部屋に入ってきた。

「いつまでやっている？　やはり時間稼ぎをしているのではないか？」

「そんなつもりはありませんが、そうお思いでしたら、そう受け取ってくださっても構《かま》いません」

「ふん、可愛《かわい》げのない娘だ」

可愛げがなくて結構《けっこう》だ。アルマを可愛いなどと許する人間はカトリーネとハインだけで充分どころか、多すぎるくらいだ。

作業台の上に、水を張った筆洗器《ひっせんき》やパレットなどが並べられていく。

硝子《ガラス》の柄《え》に荊《いばら》の紋様《もんよう》が刻まれた美しい絵筆は、契約の絵筆だ。

従者たちが椅子《いす》をアルマの前へ移動させると、オトマールはそこに悠々《ゆうゆう》と腰を下ろした。

右手の手袋を脱《ぬ》ぎ捨て、手の甲を差し出してくる。

「さあ、描きたまえ。何か決まった文言《もんごん》があるのなら、言ってやっても構わないよ？」

「結構です。ハイン様のときもありませんでしたから」

決まり文句なんてものはない。あのときハインがアルマに向けて言い放ったのは、彼の率直《そっちょく》な気持ちであり、叱咤激励《しったげきれい》の言葉だった。

胸に痛いほど強く突き刺さり、アルマの心の甘えを的確に突いてきた。

同時に、何よりも温かく、嬉《うれ》しい言葉だった。

彼の言葉が、未知の世界へ踏《ふ》み出す勇気をくれたのだ。いまの自分がいるのは、彼のおかげだと言ってもいい。

アルマは契約の絵筆に手を伸ばした。摘《つま》み上げた瞬間、小さな違和感《いわかん》を覚えた。

（あれ？　なんか……まあ、いいか）

違和感の正体がわからないままに、パレットの上に赤と青の絵の具を取り、筆先でよく混ぜ合わせた。少し青を多めにすると失笑が漏《も》れた。

「くだらない抵抗《ていこう》をするんだな」

「赤と青の比率までは、定められていないはずです」

ハインと花冠契約を結んだときも、特に何も言われなかった。だからアルマは最も美しいと思える紫色を作るだけでよかった。

オトマールの手を取り、紫に染まった筆先を下ろす。

手の甲いっぱいに大きな下絵を描き、花弁に立体感が出るよう、少しずつ塗り重ねていった。こんな状況でも綺麗《きれい》に描こうとしてしまう画家の性分《しょうぶん》に、我ながら嫌になった。

すべての作業が終わって、アルマは契約の絵筆を筆洗器に突っ込んだ。

ようやく動けるようになったオトマールは肩を回しつつ、右手を持ち上げて甲を眺《なが》めやった。薄《うす》い唇が満足げな弧《こ》を描く。

「なるほど。植物の絵だけは上手《うま》いと聞いていたが、これはいい」

「……お褒《ほ》めにあずかり恐縮《きょうしゅく》です」

アルマはむっとしつつもかたちだけの返礼をした。

植物だけではなく動物や建物だって得意なのだ。画塾でもそれだけは認められていて、先生の工房では背景や小道具を任《まか》されることも多かった。

(ああそっか。この人、わたしを神懸かりとしか見てないんだ)

画家修業時代の経歴どころか、過去の作品すら調べていないのだろう。彼にとってはアルマの絵の実力など二の次で、神懸かりでさえあればどうでもいいのだ。

「まだ乾いていませんので、定着するまで触らないでください」

「残念。優秀な画家が描いた証《あかし》は消えないというから、試してみたかったのに」

それは本当ですよ、と言うかどうかアルマは迷って、結局やめた。

実際、ハインの手に描いた証は一カ月以上経過してもまったく色あせていないのだが、言えば自分で自分を「優秀な画家」と評したことになってしまう。

(それに、ハイン様の手には、もう……)

契約の絵筆は一人の画家に二つの薔薇を許さないという。

ならばいまごろ、ハインの手に描かれた契約の証は消えているだろう。それがすごく残念で、胸が痛くなった。

「ああ、これを忘れていたな」

オトマールは筆洗器に手を伸ばすと、契約の絵筆を摘み上げる。

何を、と問うより早く、赤々と燃える暖炉《だんろ》の中へ投げ入れてしまった。

「なんてことを！」

慌てて暖炉に駆《か》け寄ってしゃがみ込み、燃えさかる炎《ほのお》の中を覗き込んだ。細い絵筆は薪《まき》と薪の隙間《すきま》に入り込んでしまったらしく見あたらない。

急いで火かき棒を持ち出し、暖炉の中に突っ込んだ。

重なった薪を崩《くず》しながら探していると、顔にぶわっと火の粉《こ》の混じった灰《はい》が吹きつけてきた。顔が熱く目が痛かったが、ぐっとこらえて薪を崩す。しばらくして灰の山の中に透《とう》明《めい》な細い棒らしきものが覗いているのを見つけた。

舞い上がる灰に、げほっ、ごほっとむせながら火かき棒の先で引き寄せると、絨毯《じゅうたん》の上にころりと見覚えのある絵筆が転がり落ちた。

だが、硝子製の柄は溶けてぐにゃぐにゃに折れ曲がり、穂先《ほさき》については根元まで燃えて炭になっていた。

アルマは灰で汚れた顔でオトマールを睨《にら》みつけた。

「ご自分が何をなさったか、わかってるんですか!?　ユグドリス建国の時代からある、神々から賜《たまわ》った聖遺物なんですよ!?」

「それが何か？　これで二度と花冠契約は結べない。君は私だけのものだ」

「わたしはあなたのものではありません」

「ついいましがた、魂と精神を捧げてもらったはずだが？」

ぐっと唇を噛みしめた。不本意だが事実だ。自分は既にハインを裏切り、オトマールに魂と精神を捧げてしまっている。

言いようのない無力感に打ちひしがれていると、部屋の外から騒《さわ》がしい物音が響《ひび》いてきた。複数の人間が走り回っている音に加えて、言い争う声や、鋭い金属音なども混じっている。

「オトマール様！」

「何事だ」

扉を開けると、武装した私兵らしき男が部屋に駆け込んできた。

「侵入者《しんにゅうしゃ》です！　ここにいては危険です。すぐにお逃げください！」

私兵に誘導《ゆうどう》されて、アルマはオトマールとともに部屋を出た。

隙を見て逃げ出したいのだが、いまのところオトマールはしっかりと腕《うで》を掴んでいて離してくれそうもない。

「何者だ？　まさかハインリヒか？」

その名に一瞬期待したものの、私兵は先導しながら首を横に振った。

「いいえ、赤毛の男です。かなりの手練《てだ》れで、うちの者が数人がかりでも相手にならず、情けない話ですが次々と突破されている状況です」

「赤毛……あの男か」

オトマールが苦々しく吐《は》き捨てる。

（赤毛って……わたしを拉致しようとしたあの人よね？　いったいどういうこと？）

てっきり敵かと思っていたのだが、実際の敵はオトマールであり、オトマールは赤毛の男を知ってはいるものの思い出せない様子だった。いまとなっては、赤毛の男が接触《せっしょく》してきたときに抵抗してしまったことが悔やまれる。

「我々《われわれ》も全力を尽《つ》くしておりますが、万が一のためにも、若様は神懸かりを連れてお逃げください。そしてどうか悲願《ひがん》を達成なさいませ！」

「わかっているよ。必ず玉座をこの手に取り戻すと誓おう」

右手を握《にぎ》りこみ、拳《こぶし》を胸に当てて宣言する。

歌劇の主人公のような振る舞いだが、実際に彼がやったことはベアトリーセの誘拐にバルテルスへの脅迫にアルマの誘拐。契約の絵筆はどうやって手に入れたのか不明だが、使用後に破壊《はかい》してしまっている。どれも重罪であり、悪の所業《しょぎょう》だ。

廊下《ろうか》を抜けて扉を開け放つと、とたんに剣戟《けんげき》の音が大きくなった。

「もうこんなところまで……」

そこは二階の回廊《かいろう》だった。吹き抜けをぐるりと囲むように通路があり、その一角で私兵たちが赤毛の男を取り囲んで剣を向けている。

男が剣を一振りすると、数人の私兵が吹っ飛んだ。動作は大きく見えるが、なぜだか隙《き》がまったくない。私兵も攻めあぐねているらしく、じりじりと間合いをとるばかりで斬りかかれずにいるようだ。

「……っ！」

アルマは思わず身を乗り出した。オトマールがとっさに抱きすくめてくる。

「逃げようとするな！」

「してません！　もっと近くで見たいだけです！」

全力で言い返してから、邪魔《じゃま》な腕にしがみつくようにして首を突き出した。

「ああっ、また二人吹っ飛びましたよ!?　なんという強さ！　なんて勇ましいお姿でしょう！　やはりわたしの目に狂《くる》いはありませんでした。あの方は戦神《せんじん》ヴェルナーのモデルにぴったりです！　ああっ、また！」

「君は状況がわかっているのかね!?」

「わかっているから言っているんじゃないですか！　本物の斬りあい場面なんてめったにお目にかかれるものじゃないんですよ!?　しっかり目に焼きつけておかないと！」

「くっ、ハインリヒはこんな娘のどこがいいんだ⁉」

「それはこっちが知りたいくらいです！」

言い争う声が聞こえたのだろう、赤毛の男は斬り伏《ふ》せた男を踏みつけて吹き抜けを振り仰《あお》いだ。猛禽《もうきん》類じみた眼差《まなざ》しがぎらりと火を点《とも》す。

「見つけましたぞオトマール公！　神懸かりの乙女を返していただこう！」

「戯れ言を！　この娘は私のものだ！」

「否《いな》、その方は我が君のものだ」

その一言でアルマは思い至った。

(もしかしてあの人、ハイン様のお知り合い……⁉)

彼の言う「我が君」がハインを指しているのだとしたら、深夜のミラルダ宮前で追い返したことも、契約の儀式の前に保護しようとしたことも、アルマを「我が君のもの」と評したことも、すべて辻褄《つじつま》が合う。

「裏口に馬を用意してあります！　ここは我々に任せてお逃げくださいませ！」

「わかった！　行くぞ」

剣を抜いた私兵をその場に残し、オトマールは強引にアルマの手を引いて走り出した。

使用人用の通路に入り、細く暗い階段を駆け下りる。その先は厨房《ちゅうぼう》のすぐそばだった。

裏口から逃げる算段らしい。隠し通路を使わないところを見るに、この屋敷はオトマールの所有ではなく、急遽《きゅうきょ》用立てた空き家《あきや》か何かなのかもしれない。

悲鳴をあげる使用人を掻き分け、裏口の扉から外へ飛び出す。

小さな庭を抜けて裏門に向かう途中で、オトマールが急に立ち止まった。

強く手を引かれていたので、転ばないようついていくのに必死だったアルマは、そこで初めて気がついた。

門のそばに人影があった。

金髪の青年が門柱にゆったりと寄りかかっている。彼はこちらの姿を認めると、軽く挨《あい》拶《さつ》でもするかのように片手を上げてみせた。

「待ちくたびれたぞ、オトマール。僕の花冠を返してもらおうか」

「ハイン様！」

アルマは声を張りあげて主《あるじ》の名を呼んだ。彼のもとまで駆け寄りたかったが、後ろからオトマールに羽《は》交《が》い締《じ》めにされて阻《そ》止《し》された。

「なるほど、あの赤毛の男は陽動だったか……だがハインリヒ、残念だがこの子はもう君の花冠ではないよ」

「いいや僕の花冠だ」

ハインは右手の手袋を外してみせた。見せつけるように持ち上げた右手の甲には、濃《こ》い紫色の薔薇が描かれている。

紛《まぎ》れもなく、アルマが描いたものだった。

「馬鹿《ばか》な。契約の絵筆は一人の画家に二つの薔薇は許さないはずだ！」

「ああ、おまえはなんて可哀想《かわいそう》な男なんだ、オトマール。いくら花冠画家がほしいからって、よく似た普通の筆で『花冠契約ごっこ』をしていたとは。同じ王族として嘆かわしく思うよ」

そぶりだけは憐《あわ》れんでいるが、露骨《ろこつ》な言い回しはあきらかに侮辱《ぶじょく》している。

それで思い至ったのだろう、オトマールがはっと息を呑んだ。

「よく似た……？　まさか！」

小さく呟《つぶや》いて、右手の甲に描かれた紫の薔薇を指でこすった。乾いた顔料の滓《かす》が指圧でぽろりと崩れ、剝《は》がれ落ちる。

「偽物か！」

「あそこまでお膳立《ぜんだ》てをしておいて、本物を持ち出すわけがないだろう……なんて、実を言うと本物は手に入らなかっただけだが。ミラルダの泉はこんなことのために契約の絵筆を貸してはくれなかったんだ。偽物だとばれないかひやひやしたよ」

アルマはいまになって、契約の絵筆を握ったときに覚えた違和感の正体を悟《さと》った。何か違うと感じたのは、本物の感触《かんしょく》を手が覚えていたためかもしれない。

「じゃあ、あの言い伝えは本当だったんですね」

王宮の北に位置するミラルダの泉は、王族が真に花冠画家を必要としたときに手を翳《かざ》すと、契約の絵筆を授《さず》けてくれるという。

泉に宿る美の女神の化身は、ハインがベアトリーセ救出のためにやむなくフーゴを花冠画家とすることを認めなかったのだ。

(わたしのときは認めてくださったんだ……)

つまり、ハインはアルマを「真に必要とした」ということか。

その事実だけで胸がいっぱいになって、きゅっと締めつけられる思いがした。

オトマールはぎりっと奥歯を鳴らすと、憎悪《ぞうお》に満ちた目を王子に向けた。

「どうしてここがわかった?」

「おまえが契約の絵筆の次にアルマを狙《ねら》うだろうことはわかっていた。だから、信頼の置ける男に見張らせていたんだ。ご丁寧《ていねい》に、パステルで目印をつけながら追跡《ついせき》してくれたよ。おかげで印を辿《たど》るだけですんだ」

どうやらアルマが落としたパステルが、アルマを救ってくれたようだ。

「馬鹿な真似をしたものだな。仮にアルマと花冠契約を結べたとしても、これだけのことをしておいてただですむとでも思っていたのか?」

彼の言うとおりだ。

仮に神懸かりを花冠画家にできたとしても、これだけ強引にことを進めては国王のみならず諸侯や星柱神殿《せいちゅうしんでん》から猛反発をくらうのは目に見えている。下手《へた》をすれば、宮廷中《きゅうていじゅう》を敵に回しかねない。後先考えないにしてもほどがあるというものだ。

「……君に私の気持ちはわかるまい。父を暗君と囁《ささや》かれ、白い目で見られつづけていた私の屈辱《くつじょく》が……もはやこの思いは、玉座を手に入れることでしか晴らせないのだよ」

「ならばおとなしくしていればよかったんだ」

「なに……？」

「王太子は国王からの指名制だ。なのになぜディードがこの歳まで王太子と見なされつづけていたと思う？　決めかねていたからだ。僕かディードか、じゃない。父上は僕のことは諦《あきら》めていた。父上は、おまえとディードを天秤《てんびん》にかけていたんだ」

なっ、と頭上《ずじょう》から乾いた声が漏れた。窮屈《きゅうくつ》な体勢のまま見上げると、自分を捕《と》らえたオトマールの喉《のど》が苦しげに上下するのが見えた。

「でたらめだ！　私を動揺させようとしても――」

「ああそうだ、いまのは僕の推測だ。実際に父上に問うたわけじゃない。だが、父上なら腑《ふ》抜《ぬ》けの幽霊王子と傀儡《かいらい》だが真面目《まじめ》な第二王子を天秤にかけたりはしない。僕のことなどさっさと切り捨て、迷わずディードを指名していたはずだ」

絶句する従兄《いとこ》を見やって、ハインは疲れた息を吐いた。

「愚《おろ》かなオトマール。おまえは玉座を手に入れられたかもしれない未来を、みずからの手で消し去ったんだ……さて」

急に声の調子を落として、腰に提《さ》げた剣の柄《つか》に手を伸ばす。

「お喋《しゃべ》りはここまでにしよう。アルマから手を離せ」

底冷えのする声音に、背筋が粟立《あわだ》つのを感じた。

ハインは超然とした笑みを浮かべている。

だがいつかと同様、目が笑っていない。完全に瞳孔《どうこう》が開いている。

(ひいいい！　怒《おこ》ってらっしゃる！)

アルマは自分が咎《とが》められたわけでもないのに悪いことをした気がして、とっさにオトマールの腕を振り払おうとした。だがそれを抵抗と誤解されたらしく、逃がすまいとより強く拘束《こうそく》されてしまった。

「聞こえなかったのか、オトマール。アルマから手を離せと言っている」

ハインが剣の柄に手を添《そ》えながら、落ち着いた足取りで近づいてくる。

オトマールはアルマを拘束したまま、じりじりと後退していった。

「玉座ならいくらでもくれてやるが、アルマだけは許さん。これ以上は喧嘩《けんか》を売っているものと見なす。いくらでも相手になってやるから剣を抜け。幽霊王子相手に怖《お》じ気《け》づくこともないだろう。おまえが僕に木剣でめった打ちにされてぴーぴー泣いていたのはもう十二年も前のことじゃないか」

ぎりぃ、と頭上から歯軋《はぎし》りの音が聞こえてきた。

（古傷をえぐりにかかってらっしゃる……⁉）

アルマは人質《ひとじち》にとられながら、別の意味ではらはらしてきた。

「早くしろ。僕はもう我慢《がまん》の限界なんだ。アルマの手を放して剣を抜け。だいたいどうしてアルマが着飾ったときに限って僕は近づけず、他の男がべたべた触《さわ》っているんだ？　これで二回連続だぞ。そりゃいつものお仕着せもカトリーネがこだわりぬいただけあって可愛いが、ドレス姿は格別なんだ。めったに見られないというのに、そんなときに限ってなぜこういうことになる。理不尽《りふじん》だ。納得がいかない――」

「ハイン様ハイン様、なんか関係ないことがいろいろ駄々《だだ》漏《も》れになってますよ⁉」

甘ったるい言葉の数々のせいで、顔が熱くなってしかたがない。

オトマールはしかし、アルマを盾《たて》にしつづけた。

「状況がわかっていないようだね、ハインリヒ。君は命令できる立場にはない。君こそ、神懸かりが大事ならばすみやかに剣を捨てたまえ」

「神懸かりがほしいのはおまえもだろう。おまえにアルマは殺せない」

「どうかな？　花冠画家に死なれた王子は、王位につけないと歴史が証明している。彼女はまだ君の花冠画家だ。なんならいまここで試してみようか？」

ぐっと短剣の刃をアルマの喉元に押しつけてくる。ひやりと冷たい刃の感触に思わず、ひっ、と口の中で小さな悲鳴が漏れた。

「やめろ！　わかった、言うとおりにする」

「待って……！」

アルマは慌てて制止の声をあげたが、わずかに遅かった。

ハインが剣の柄から手を離してしまう。剣は小石に当たって、こん、と音を立てて跳ね、先端を彼の足先に向けたかたちで地面に落ちた。

「大丈夫だ、おまえは必ず助け出す」

「いえ、そうではなくて……鏡、ないですか？」

短剣を避《よ》けて顎《あご》を上げた、苦しい体勢のまま訴える。

「いまのわたし、構図的にとても面白い状況にあると思うんです……鏡をお持ちじゃありませんか？　ああ、絶対美味《おい》しい構図なのに自分で見られないなんて！」

と言いながら、慣れない目配せを送ってみる。

合図に気づいたか、それとも別の理由か、ハインが一瞬わずかに目を見開いた。

「悪いが持ってきていない」

「そんな！　なら、何か代わりになりそうなものでも……」

「ハインリヒ、君の恋人はこれでいいのか!?」

「想定の範囲内だ。これしきで驚いていたらこいつとはつきあえん」

「慣れか⁉　いや諦《あきら》めたか⁉」

わずかに拘束の手が緩《ゆる》んだ瞬間を、アルマは見逃《みのが》さなかった。

渾身《こんしん》の力でオトマールの足の甲を踏みつける。

赤毛の男には効《き》かなかったが、オトマールには覿面《てきめん》だった。

ぐあっ、とうめき声を漏らしてよろめいた隙に、アルマはオトマールの腕をかいくぐって拘束を逃れた。

その瞬間、視界の隅《すみ》でハインが落とした剣の先端《せんたん》を強く踏みつけるのが見えた。てこの原理で立ち上がった剣の柄を掴むと、従兄《いとこ》に向かって大きく踏み込み、無駄のない動きで横薙《な》ぎに斬りつける。

オトマールは悲鳴と罵声《ばせい》の混じった声をあげてよろめいた。斬られた肩口を押さえて飛び退《の》き、痛みのせいか荒い息を吐きながら腰の剣に手をかける。

「許さないぞハインリヒ。殺してやる。殺、し……っ⁉」

憤怒《ふんぬ》に染まった顔が、唐突《とうとつ》に強張《こわば》った。

そのまま固まったように動きを止めてしまう。だがそれもつかの間のことだ。

「お、おおお、う……？」

と変な声を漏らし、次第に前屈《かが》みになっていく。

なぜか内股《うちまた》になった足はがくがくと震えていて、産まれたばかりの子鹿《こじか》のようだ。

「……どうした？」

毒気を抜かれた呟きを漏らし、ハインが不審《ふしん》そうに眉《まゆ》をひそめる。

だがオトマールは答えられる状況にないらしい。みるみるうちにくずおれていく。

ついには地面に左手と両膝《ひざ》をついて四つん這《ば》いならぬ三つん這いになると、剣の柄から離した手を足と足の間に突っ込んでしまった。

「な、なんだ、これは。どういう……ぐうううう……！」

オトマールは全身を小刻みに震《ふる》わせている。整った顔立ちはひどく青ざめ、苦悶《くもん》の表情まで浮かび、額《ひたい》やこめかみや頬《ほお》を冷や汗が伝い落ちていく。

ああそっか、とアルマはようやく得心がいった。

「やっと効いてきたみたいですね。皮膚《ひふ》からではあまり効かなそうな気がして心配だったんですけど」

「……なんとなく予想はつくのだが、一応説明してくれ」

ハインがオトマールの方を気にしながら近づいてきた。もう脅威《きょうい》はないと思ったのか、歩きながら剣を腰の鞘《さや》に納める。

「これです」

アルマはドレスの隠しポケットから小瓶《こびん》を取り出してみせた。偽ベアトリーセからもらった眠気覚まし薬らしきものだ。

「薔薇を描く前に、これをたっぷりと青い絵の具に混ぜておいたんです。ベアトリーセ様……の身代わりの方が、塗っても効果があるっておっしゃってたので。眠気が覚める代わりにお腹《なか》が痛くなる薬みたいですし、使えるんじゃないかと思いまして」

「……おまえというやつは……」

ハインが沈痛《ちんつう》そうに額を押さえるのを見て、アルマは少し反省した。

オトマールには薬針を刺されているからお互い様だと思ってやったのだが、苦しむとわかっている薬を盛ったのはさすがにやりすぎだったかもしれない。

「すいません、確かにちょっと効きすぎですね。身代わりの方には数滴って言われていたのにどばどば入れちゃいましたし」

「どばどば……」

「わたし、介抱《かいほう》してきます！」

「おい待て！」

制止の声を無視して、アルマはオトマールに駆け寄った。

「オトマール様。大丈夫《だいじょうぶ》ですか?」

近づいて覗き込もうとすると、オトマールが気配を察して顔を振り上げた。

「く、来るなっ！」

充血した目をかっと見開き、必死の形相《ぎょうそう》で訴えてくる。

顔色は真っ白で汗の量が半端《はんぱ》ではない。逃げたい一心だったとはいえ、自分はなんてことをしてしまったのだろう。

「本当に本当に申し訳ありません。起き上がれますか？　手をお貸ししましょうか？」

「来るなと言っているんだ！　それ以上一歩でも近づいたら、近づいたらっ……っぐううう、自分の声すら響いて……っ！」

苦悶の表情を浮かべる顔面を、滝《たき》のような冷や汗が伝い落ちていく。

ハインのときよりあきらかに症状《しょうじょう》が重い。やはり用量を守らなかったせいだろう。

「た、頼むから私に近づくな！　こんな私を見ないでくれ！」

「ですが……」

「ええい、しつこい女だな！　ハインリヒ、頼むからその娘を取り押さえて目を塞《ふさ》いでくれ、いますぐに！　お願いだ……！」

オトマールはついに天敵の従弟《いとこ》に懇願《こんがん》しはじめた。

その直後、後ろから伸びてきた手に目元を塞がれて、アルマは何も見えなくなった。

「ハイン様？」

「見ないでやってくれ。完全に自業自得《じごうじとく》だしおまえにやってくれたことは許すつもりはないが、同じ男として同情を禁じ得ない」

「……はあ」

意味がわからない。

ただ、ハインがついさっきまで瞳孔を開きながら斬りつけた相手を、心の底から気の毒に思っているのは確かなようだった。

さてどうしたものかと立ち尽《つ》くしていると、目元だけでなく肩にも手が回された。優しく抱きすくめられ、こめかみに柔《やわ》らかな髪《かみ》と頬が触《ふ》れる。

「無事でよかった」

「……ハイン様も」

くすぐったさに少し身じろぎしつつ、自分を抱きしめる腕にそっと手を添えた。

衣服越しの腕が、密着した背中が温かくて安心する。いまなら彼の心音が聞けそうな気がして、アルマはうっとりと耳を澄《す》ませた。

「おおお、おおう……痛い、破裂《はれつ》しそうだ……！」

残念ながら、聞こえてきたのはオトマールのうめき声だったが。

「……何が破裂しそうなんでしょう」

「そこは追及《ついきゅう》してやるな」

雰囲気《ふんいき》をぶち壊《こわ》されたせいか、ハインの声は少し拗《す》ねていた。

オトマールの一派はあえなく騎士団によって一人残らず捕縛《ほばく》された。

ベアトリーセの囚《とら》われている場所も特定され、現在は救助作戦が実行中だという。

これで一連の事件はようやく幕を閉じられそうだ。

と結びたいところだったが、生憎《あいにく》とまだ内輪の問題が片付いていなかった。

「騙したな！」

王宮に戻り、〈翡翠《ひすい》の宮《みや》〉へ向かう途中で、ディードリヒに行く手を遮《さえぎ》られた。

男性口調《くちょう》できちんと眼鏡をかけてはいるが、華《はな》やかなドレス姿だ。鬘《かつら》の髪を高く結い上げ、上品な化粧《けしょう》も施し、おそるべきことに胸に詰《つ》め物までしている。

そして、ものすごく怒っていた。

「兄上が『とびきりめかし込んで待機《たいき》していろ』と言うから、全力で着飾って出番を待っていたのに！　私だけ仲間外れか！」

どうやらハインはディードリヒを巻き込まないために嘘をついたらしい。

弟にしてみれば屈辱だったろうが、兄の方はまるで意に介さなかった。

「騙したなんて心外だな。事前におまえは可哀想なことになると言っておいただろうが。

そのとおりになっただけだというのに、何が気に入らないんだ」

「兄上なんか、兄上なんか……嫌《きら》いだっ！」

拙《つたな》い捨て台詞を残して、ディードリヒは脱兎《だっと》の勢いで走り去っていった。

「子どもか」

「いまのはハイン様が悪いと思います……」

弟を危険な目にあわせたくないというハインの気持ちもわかるが、兄の役に立ちたかったディードリヒの気持ちもよくわかる。

それに、作戦に組み込んでもらえなかったという意味ではアルマも同じだった。

「そうはいっても、ディードにはもう充分すぎるくらい協力してもらっていたからな。向き不向きもあるし、これ以上はあいつに頼み事をするより、カトリーネの協力を仰いだ方が成果が見込めると思ったんだ」

実際、ハインはカトリーネを通じて〈紅玉の宮〉の女官たちの力を借りていた。

女官たちを着飾らせて聖堂の観衆の中に紛れ込ませ、契約の絵筆が運ばれてきたら煙《けむり》を発生させるよう指示を出していたのだという。

そして煙で周りが見えなくなる中、契約の絵筆は盗《ぬす》まれてしまった。

だが、それはハインの作戦どおりだった。

「王宮内に不審者が紛れ込んでいるという報告を受けていたんだ。儀式の最中に襲撃《しゅうげき》されれば、死傷者が出る危険性がある。だからこちらから隙を作って盗みやすいようにしてやったんだ。おかげで軽傷者が何名か出た程度ですんだ」

奪《うば》われた契約の絵筆に関しても、あえて追跡はさせなかった。

もとより偽物であるし、二枚目の〝黄の絵〟を見た瞬間に、ハインはベアトリーセ誘拐事件の首謀者《しゅぼうしゃ》はオトマールだとわかっていた。

契約の絵筆はいずれ彼の手に渡る。

ならば、彼の方を見張っていればいい、と考えたらしい。

「まだ何か言いたそうだな。そんなにディードの扱いが不満か？」

「……今回はわたしにもなんにも教えてくれませんでしたよね」

「なんだ、それで拗ねてたのか」

「拗ねてません！」

ハインは苦笑して、アルマの頭を撫《な》でた。思わず頬が緩みかけたが、こんなことで懐《かい》柔《じゅう》されるわけにはいかないと、意地になってそっぽを向く。

「機嫌《きげん》を直してくれ。オトマールがおまえに接触した話を聞いていたから、言い出せなかったんだ。偽ベアトリーセとバルテルスを相手に気づいていない演技をするだけでなく、そのうえオトマールにも……となると、さすがに厳《きび》しいと思ってな」

「それはそうかもしれないですけど、せめてあの赤毛の……メーリング卿《きょう》のことくらい教えてくださってもよかったじゃないですか。わたし、てっきり……」

「お呼びでございますか？」

「うひゃあっ⁉」

隣にぬっと現れた大きな人影に、アルマは思わず飛び跳ねてしまった。

気配を殺して近づいてきた赤毛の男——ゲオルクは真顔のまま、太い人差し指で頬を掻いた。

「どうやら嫌われてしまったようですな。それもまた一興《いっきょう》」

「き、嫌うだなんてとんでもないです！　さきほどは、助けてくださってありがとうございました」

ぺこりと頭を下げてから、ちらりと顔色を——ではなくたくましい腕を盗み見る。

「本当に嫌ってないですから。むしろ逆といいますか……それにしても素晴らしい筋肉をお持ちで……少し触っても？」

「嫌うどころか興味津々《きようみしんしん》なのはわかったから、他の男にべたべた触るのはやめろ」

樹液《じゆえき》に誘《さそ》われるクワガタのごとくゲオルクに張りつきかけたアルマを、ハインが問答無用でべりっと引きはがした。

「まったく、おまえというやつは」

「だって、本当に見事な筋肉で……」

「黙《だま》れ」

「神懸かりの乙女は我が君の肉体では満足できぬようですな」

「いかがわしく聞こえるような言い方をするな！　くそ、やっぱりカトリーネの言うとおり体を鍛《きた》えた方がいいのか……？」

はあ、と嘆息《たんそく》してから、ハインは改めて両者に向き直った。

「いまさらになってしまったが……ゲオルクは元〈翡翠の宮〉の近衛騎士《このえきし》だ。十二年前の事件の少し後に騎士を辞め、以降は城下で僕と行動をともにしていた。僕にとっては護身術の師匠《ししょう》であり遊びの先生でもあり、兄のような存在だ」

「兄だなどと、恐れ多うございまする」

ゲオルクは大きな体をすくませて恐縮する。

他は否定しないあたり、師匠であり先生という自覚はあるようだ。オトマールと対峙《たいじ》したときにハインが見せた、喧嘩みたいな戦法は彼の直伝なのかもしれない。

「そうだったんですか。でも、それならどうしていままでお姿をお見かけしなかったんでしょうか」

アルマと出会ったハインが、表舞台に戻る決意をしたのは一カ月も前だ。

騎士を辞めてまでして王子を護衛していた人が、急に王子が城下へ現れなくなったというのに、一カ月近くも王子のそばに現れなかったというのは少々不思議だった。

「ここ二カ月ほどゲオルクは王都を離れていたんだ。より正確に言うと、僕とおまえを出会わせるためにカトリーネと共謀《きょうぼう》していたらしいのだが」

少しむくれた顔になって説明する。全幅《ぜんぷく》の信頼を寄せていた護衛者が、主のためとはいえ主ではなく主の義母《ぎぼ》と協力関係にあったことがよっぽど不服らしい。

しかし渦中《かちゅう》の騎士はというと、悪びれないどころか誇らしげですらあった。

「ですがそのおかげで、我が君は神懸かりを手中に収めて表舞台に返り咲き、オイフェミア様の復讐《ふくしゅう》も果たされた。よいことずくめではありませぬか」

「復讐をしたわけではないのだが……まあ、アルマに出会えたのはよいことか」

ふと翡翠色の双眸《そうぼう》と視線が重なった。

どこか観念したような苦笑まじりに微笑みかけられる。それだけでアルマは顔の表面温度が十度くらい上昇した気がして、思わず俯《うつむ》いてしまう。

「わ、わたしも、ハイン様に出会えてよかったです」

オトマールと花冠契約の儀式を行ったとき、痛感したのだ。

ハインとの出会いと花冠契約が、ただのアルマと画家アルマ・クラウスにとって、どれほど幸せだったかを。

しかしそれを聞いたハインは、ほう、と悪戯《いたずら》っぽいそぶりで顔を覗き込んでくる。

「画家になれたから？　それともこの顔が気に入っているからか？」

「違いますっ」

「ああ、気に入っているのはこの手もだったか」

「ですから、そういう意味では……」

というか、なぜばれているのだ。

髪を撫でていた手が下りてゆき、アルマの頬を労《いたわ》るように優しく包む。やんわりと促《うなが》されるまま顎を上げると、ハインの顔がゆっくりと近づいてきた。

と思ったら、ぴたりと制止した。

ハインの頭の横に大きな握り拳が出現している。ゲオルクがとっさに手を伸ばし、飛来してきた何かを受け止めたのだ。

「危のうございました」

ゲオルクが平然と言って手を開くと、大きな石が地面に落ちた。当たっていたらこぶができるどころではすまなかっただろう。

ハインがぞっとした様子でとある方を見やり、うんざりとうめいた。

「カトリーネ……と、女官軍団」

見れば、〈紅玉の宮〉の方からドレス姿の集団が押し寄せてきている。お仕着せの軍勢を引き連れ、先頭を憤然《ふんぜん》と突き進んでいるのは誰あろう、カトリーネだ。

王妃《おうひ》はあろうことか、投石器《スリング》を威嚇的《いかくてき》にぶん回していた。

「ハインっ、よくもあたくしの可愛い可愛いアルマを危険な目にあわせてくれたわね！　ただではおかなくてよ！」

そうよそうよ、と女官軍団が拳を振り上げて同意した。その中にはレネの姿もあった。

ハインは苦虫を嚙みつぶした顔になった。

「まだアレが残っていたか……すまんが僕は退散させてもらう。アルマ、またあとでな」

「……ご武運を」

「ゲオルク、足止めを頼む！」

アルマの頭をぽんと撫でながら告げると、ハインは慌てて走り去っていった。それを眩《まぶ》しげに見送りながらゲオルクが腰を折る。

「御意《ぎょい》に」

「って、手荒なことしちゃダメですよ⁉」

「心配には及ばぬ」

ゲオルクは小さく笑うと、両腕を大きく広げてみせた。通せんぼと呼ぶには迫力《はくりょく》のあるどっしりとした構えに、アルマは自然と吸い寄せられていった。

「何をしているのだ？」

「すいません、どうしても気になってしまって……鋼《はがね》のような素晴らしい筋肉ですね」

広げた腕をうっとりとさするアルマを、元近衛騎士は少し痒《かゆ》そうな顔をしたものの、しばらく放っておいてくれた。

ハインに対して腸《はらわた》が煮《に》えくり返っているのは、ディードリヒとカトリーネ他女官軍団だけではなかった。

「信っじらんねえ！　あの儀式が嘘⁉　そんなのアリかよ⁉」

翌日、〈翡翠の宮〉のアトリエには画家の不満が響いていた。

元師匠のエーファルトとともに長椅子に腰掛《こしか》けたフーゴは、背もたれに両腕を回し、足をだらしなく組んだ格好《かっこう》でふんぞり返っている。

彼は今日も身なりを整えてきていた。中断、延期となった花冠契約の儀式に今度こそ臨《のぞ》もうと思っていたのだろう。

だがハインから真実を告げられるなり、クラヴァットをほどき、シャツの襟《えり》もくつろげてしまった。上着に関してはぐしゃぐしゃのまま放り出してしまったので、アルマが慌てて拾い上げて畳《たた》んだくらいだ。

「オトマールの計画を潰《つぶ》すためにしかたなかったんだ。おまえの協力には感謝しているし、礼もさせてもらう。許してくれ」

「許すかっての！　期待させといて裏切るとか、ただ裏切るだけより何万倍もタチが悪いだろ！」

「今回ばかりは私もフーゴと同意見です。画家の心を弄《もてあそ》ぶとは感心しませんね」

エーファルトが控《ひか》えめながら、言葉と視線で責めてくる。

彼もまたハインの第二花冠画家の座を狙っていたはずなのだが、さすがに元弟子の受けた仕打ちに気が咎めたらしい。

「二人目の花冠画家を召し抱えるとしたら、フーゴがいいと思ったのは事実だ」

なおも臍《へそ》を曲げたままのフーゴに、ハインは教え諭《さと》すように言った。

「おまえの絵は重厚でユグドリス派の作風に忠実なようでいて、実に奔放《ほんぽう》だ。伝統と格式を重んじながら、新しい風を起こしている。素晴らしい才能だと思った」

「はあああ!?　んなことは百も承知《しょうち》だっての！　俺は天才！　おわかり？　そんで、そこにいる神懸かりの絵はいたって普通」

「へっ!?」

突然、話の矛先《ほこさき》を向けられて、アルマは思わず変な声をあげてしまった。

ハインが折れないと悟って、攻撃目標を第一花冠画家に変更したらしい。

「神懸かりってだけで、絵の才能は中の中じゃん。百歩譲って花冠画家にするのはいいとして、随行《ずいこう》させる専用の画家も用意しといた方がいいんじゃねえの？　よく考えろよ。神懸かりなんて有事のときだけ引っ張り出せればいいだろ。それ以外のときはちゃんと才能のある画家を使わないと、恥《はじ》をかくのはあんたじゃねえの？」

ハインに向けた発言ではあったが、言葉の棘《とげ》はぐさぐさとアルマに突き刺さってくる。

「別に恥だとは思わんが……」

「フーゴ、いくらなんでも言いすぎですよ。アルマさんの気持ちも考えなさい」

「でも事実だろ」

元師匠にたしなめられても、フーゴは頭の後ろで腕を組んで知らん顔だ。

（そ、そこまで言わなくても……）

アルマは悔《くや》しさに拳を握りしめた。

フーゴが言ったことはすべて事実かもしれない。以前の自分ならば事実を受け入れ、落ち込み、泣き寝入りをしていたところだ。

だがいまは違う。カトリーネと、フーゴには負けないと約束したのだ。

「そっ、そこまで言うのなら、自信作をお見せしましょうか!!」

「へーえ、たいした自信じゃん。ぜひとも見せてもらおうじゃねえの」

「アルマ、無理をするな」

「ハイン様は黙っていてください！」

「……む」

ハインが珍《めずら》しく気圧《けお》されて口を噤《つぐ》む。

フーゴがふんぞり返りながら、そしてエーファルトが心配そうに見守る中、アルマは大股歩きで薬棚《くすりだな》へ向かった。

側面に回ってしゃがみ、壁と棚の背面の隙間に腕を突っ込む。

そこから布に包まれたカンバスを引っ張り出すと、イーゼルの上にどんと立て掛けた。

少し前までの自分ならば、これを人前に出そうとは考えなかっただろう。

いまは覚悟《かくご》が違う。自分が心から描きたいと思って描いているものなのだ。他人からどういう評価を受けようとも構わない。堂々と胸を張っていられる。

「これが、私の最新作です！」

高らかに宣言し、勢いよく布を取り払う。

エーファルトとフーゴがはっと息を呑み、ハインが石化したように硬直《こうちょく》する。

それは一幅《いっぷく》の肖像画《しょうぞうが》だ。少なくとも、アルマはそのつもりで描いた。

描かれているのはハインだ。

ただし、彼は服を着ていなかった。

うっすらと余裕のある笑みを浮かべ、白い肌を上気させ、無数の赤い薔薇を浮かべた浴《よく》槽《そう》に胸元まで浸《つ》かっている。

「っだああああああああっ！」

ハインが取り乱したように絶叫《ぜっきょう》し、イーゼルに突進をかました。

寸前でくるりと身を反転させ、背中でカンバスをかばうように覆《おお》い隠してしまう。顔色は真《ま》っ青《さお》なのに、なぜか耳だけが真っ赤に上気している。

「ちょっと、なんで隠すんですか!?」

「なんではこっちの台詞だ馬鹿！　なんでこんなものを描いたんだ！」

「だって、ハイン様と薔薇のお風呂、すんごくお似合いだったんですもん。目に強く焼きついて離れなくて、これはもう描くしかないと！」

「しかない、じゃない！　フーゴの言葉じゃないが、僕に恥をかかせる気か！」

「あの、何か誤解されてません？　わたしはとても純粋《じゆんすい》な気持ちでこれを描いたんです。ほらよくごらんになってください。この絵にはたくさんの寓意《ぐうい》が込められているんですよ。裸には〝潔白《けつぱく》〟、薔薇の赤には〝魂の力〟、流水には〝永遠〟という意味が――」

「知ったことか！　こんないかがわしい絵は燃やしてしまえ！」

「ひ、ひどいですよっ」

「ひどいのはおまえだピンク頭が！」

全力で怒鳴《どな》りつけられてしまい、アルマは首を縮める。

エーファルトが我が意を得たりときらりと目を輝《かがや》かせた。

「つまり、アルマさんはハインリヒ殿下が薔薇の風呂に入っているところを実際に見たのですね？」

「あ、はい——」

「待て、誤解するな。入っているんじゃない、入らされたんだ、このピンク頭に！　そこを勘違《かんちが》いしないでくれ。断じてこういう趣味《しゅみ》はない！」

「そんなに恥ずかしがらなくてもよいではありませんか。誰にだって人には秘密にしたい変わった趣味の一つや二つくらいあるものです。ご安心ください、間違ってもテオドシウス陛下《へいか》やディードリヒ殿下《でんか》やカトリーネ妃《ひ》にお話ししたりはしませんから」

「絶対する気だろう！　脅迫か？　脅迫してるんだな？　そんなことをしても、絶対におまえを僕の第二花冠にはしないからな。父上一人に忠誠を誓ってろ！」

「……すげえ……」

ぼそり、と漏れた呟きに、アルマははっとして振り向いた。

これまで黙っていたフーゴが口を開いたのだ。彼は大きく目を見開き、魅入《みい》られたようにハインの肖像画だか風呂画だかを見つめている。

ちなみにハインは言いあいをしているうちにアルマに詰め寄ったため、カンバスの前から離れてしまっていた。いまや絵は丸見えである。

「あんた天才かよ」

「は？」

「この匂《にお》い立つような湯気の表現に、水面《みなも》の透明感。上気した肌の艶《なま》めかしさといったらどうよ？　濡れ髪の筆触《ひつしょく》も完璧《かんぺき》だ。男の裸《はだか》に対する尋常《じんじょう》じゃない執念《しゅうねん》を感じる」

　真剣な顔で絵の分析をしてから、ごくりと生唾を呑み込む。彼の眼差しはいまだ絵に釘付けになっており、アルマたちには見向きもしない。

「あの、フーゴくん？　いまの言い方にはちょっと語弊《ごへい》があるような気がするんだけど。わたしは美しいと思ったものを、見たまま感じたままに描いただけ。官能表現なんてしてないし、仮にこの絵から官能を感じたのだとしたらそれはハイン様が官能的に美しいというだけで、決して男性の裸に執念があるわけでは……ねえ聞いてる？」

　フーゴはまったく聞いていなかった。

　っかー！　と叫《さけ》んで、ぐしゃぐしゃと自分の頭を掻きむしった。

「信じらんねえ。この俺が女なんかに、官能表現で後《おく》れをとるなんて……くそ、こうしちゃいられねえ！」

　フーゴは反動をつけて椅子から立ち上がると、脱いだ衣服や小物を乱暴に引っつかんだ。大急ぎでアトリエを出ていこうとし、扉の前でくるりと振り返った。

「アルマ・クラウス！　あんたの才能は認めてやる。だがいまに見てろよ。いつかあんたを超える官能表現を身につけて、必ず花冠画家になってやるからな！」

　指を突きつけて宣戦布告をすると、「じゃあな！」とアトリエから飛び出していった。うおおおおっ、と雄叫《おたけ》びのような声を響かせて、騒がしい足音が遠ざかっていく。

「……あー、何の話をしていたのだったか？」

「確か、この絵をいくらで売るかという話ではありませんでしたか？」

「すっとぼけて何をほざくエーファルト。そんな話は一言も出ていないぞ」

穏《おだ》やかに嘘をつくエーファルトを、ハインがぎろりと睨みつけて牽制《けんせい》する。

アルマはイーゼルに近づいて、カンバスを両手でそっと摑んだ。

絵の具はとうに乾いているので手に張りつくことはないが、表面を傷つけないよう慎《しん》重《ちょう》に持ち上げて、しげしげと見つめる。

下手だと非難される覚悟はしていたが、官能表現を褒められるとは心外すぎた。さきほどまでの勇気はとうに萎《しぼ》み、急にこの絵がとても恥ずかしく思えてきてしまった。

「この絵、どうしたらいいんでしょう……」

「とりあえず、絶対に後世《こうせい》に残すな。頼むから」

モデルからの懇願に、アルマはうなだれて、はい、と答えるしかなかった。

終章

画家と女官ともう一つ

その日、王都から馬で四半日ほどにあるサセベーの町の神殿で、演劇が催《もよお》されていた。月に一度行われる、孤児《こじ》たちによる演劇会だ。

ただし、素人《しろうと》演劇にしては異常ともいえる盛況ぶりだった。

田舎の小さな神殿の劇場には収容しきれないほどの人が押し寄せ、事前に用意していた椅子《いす》だけでは到底《とうてい》足りなくなり、急遽《きゅうきょ》立ち見席が用意されたほどだ。対応に追われるかたちとなった神殿側も、寄付金の額を思えば嬉《うれ》しい悲鳴だろう。

本日の演目は『女王ジークリット』。

神の啓示を受けた未来のユグドリス女王ジークリットが、神懸《かみが》かりの花冠《かかん》画家マティアスの助けを受けて、悪魔王を討伐《とうばつ》するまでの物語だ。

昔から国民に親しまれている脚本《きゃくほん》ではあるが、言い換えればありきたりな演目だ。出演者も孤児ばかりで、脚本も演出も音楽もすべて素人。注目すべき点は一つもない。

それがなぜこれほどの関心を集めたかというと、「第一王子とその花冠画家であり神懸かりの乙女《おとめ》が観劇のご予定」との情報が事前に流れていたからに他ならない。

――どうしてこんな素人演劇にハインリヒ様が？

――ディードリヒ様が慈善家《じぜんか》でいらっしゃるから、対抗心《たいこうしん》を燃やされたのでは？

――こういうの、なんて言うんだっけ。政治的パフォーマンス？

さまざまな憶測《おくそく》が飛び交い、噂《うわさ》が噂を呼んだ。

そのため、普段は慈善家や顔なじみくらいしか訪《おとず》れない観客席は、近隣《きんりん》の貴族に野心家の商人、噂好きの町人に至るまで多くの人で埋《う》まってしまったのだ。

しかし、護衛《ごえい》の騎士《きし》を従えてやってきた美貌《びぼう》の第一王子と可憐《かれん》な花冠画家の姿を見るなり、人々は考えを改めたという。

二人は心から演劇を楽しみにしていた様子で、そして、とても親しそうだった。

政治的な思惑《おもわく》でやってきたのではないことは、火を見るよりあきらかだ。

ただし、それらはまた別の疑念を呼んでしまった。

――なあ、王子様の連れって花冠画家のはずじゃなかったっけ。

――画家の都合がつかなくて、代わりに恋人を連れてきたんじゃないか？

――でも当代の神懸かりって若い女性なんでしょ？　あの子なんじゃないの？

――それにしたって、ただの王子と画家の関係にゃあ見えねえけど。

仲睦《なかむつ》まじい二人の様子は、人々の目には逢い引き《デート》にしか映らなかった。

政治的な憶測が消えた代わりにゴシップ的な関心を寄せてしまったことなど、当人たちは知るよしもない。

最前列に用意された特別席で、二人は役者顔負けの演技や可愛《かわい》らしい仕掛けに声をあげたり拍手《はくしゅ》を送ったりしながら演劇を楽しんだ。

閉幕後、アルマとハインが神殿の奥にある控《ひか》え室に顔を出すと、どぎつい化粧《けしょう》に雄牛《おうし》のような角、真っ黒のごてごてした扮装《ふんそう》をした少女がぱっと振り向いた。

「あっ、アルマ様とハインリヒ様！」

声を弾《はず》ませて、大仰《おおぎょう》な衣装をものともせずに駆け寄ってくる。

ええっ本物？　どうしてここに？　姉ちゃん知り合い？　などと子どもたちがざわめく中、少女が体当たりでもしそうな勢いで近づいてきた。

「おひさしぶりです！　舞台の上からお二人の姿が見えて、めちゃくちゃ緊張《きんちょう》しちゃいましたよ！」

「すごく面白《おもしろ》かったです。悪魔王が倒れるところなんて、迫真《はくしん》の演技で思わず見入ってしまいました。あ、もしかしてお邪魔《じゃま》してしまったでしょうか？」

「いいええ、とんでもない！　かえって身が引き締《し》まる思いがしてよかったですよ。本当に、今日はわざわざお越しくださってありがとうございました！」

素人とはいえ役者だけあって、張りのある伸びやかな声だ。

公演中にも思ったことだが、華やかな美貌も、くっきりした巻き髪も、出るべきところが出た肢体《したい》も、非常に舞台映《ば》えしていた。現在の悪魔王の扮装を見ていると、以前ベアトリーセに扮していたのが嘘《うそ》のようだ。

偽《にせ》ベアトリーセは、本名はマチルダという。

バルテルス侯爵《こうしやく》の屋敷《やしき》で雇《やと》われている侍女《じじょ》で、元はこのサセベー神殿の孤児院で育ったらしい。孤児院を出てベアトリーセに仕《つか》えるようになってからも、たまに里帰りしたときなどに孤児たちと演劇を催しているそうだ。

（演技慣れしてたのね。どうりで肝《きも》が据《す》わっていたわけだわ）

瞳《ひとみ》の色が違う彼女を、バルテルスが娘の代役に選んだのも頷ける。

「あのときはろくに挨拶《あいさつ》もできずに帰っちゃってすいませんでした」

「いえ。あんなことがあったんですし、無理もないと思います。ベアトリーセ様、無事に見つかってよかったですね」

ハインが〝黄の絵〟から推測したとおり、ベアトリーセはゲルダー地方にあるオトマールの別荘で発見された。救出されたとき彼女はかなり憔悴《しょうすい》しきっていたものの、食事は定期的に与えられていたらしく、いたって健康体だったという。

　ただ事件は彼女の心を相当深く傷つけたらしく、現在は療養中《りょうようちゅう》とのことだ。当然ながら、ハインとの縁談《えんだん》も流れている。

「はい！　本当に、アルマ様とハインリヒ様のおかげですよ！」

「わたしはたいしたことはしていません。ハイン様が頑張《がんば》ってくださったから……」

「そんなに謙遜《けんそん》なさらなくても。あたし、ハインリヒ様からあの黄色い絵を見せていただいたとき背筋が震えたんですよ！　ああ、神様はちゃんとあたしたちのことを見てくださってるんだ、神懸かりを遣《つか》わせてくださったんだって……本当に感動したんですから！」

　アルマは小さく笑って、少女たちに囲まれているハインの方を見た。

　孤児院はマチルダが最年長らしく、見たところ五歳くらいから十代前半くらいの子たちしかいない。

　その中で少女たちがハインを取り囲んできゃあきゃあと盛り上がっており、それを少年たちが、けっ！　とでも言いたげな白《しら》けた顔で遠巻きに眺《なが》めている。

「ああもう、あの子たちったら。ハインリヒ様が絵に描いたような王子様だからって……ごめんなさい、アルマ様」

「いえ、わたしはいいんです」

　などと悠長《ゆうちょう》なことを言っているうちに、少女たちはべたべたとハインに触《さわ》っている。

普通ならば高貴な方を相手に気が咎《とが》めるところだろうが、公演が成功に終わった後で興《こう》奮《ふん》しているのかもしれない。一国の王子に対してまったく遠慮《えんりょ》がない。

ハインの方も幽霊王子として城下で遊んでいた時代が長かったせいか、孤児たちの態度をごく自然に受け入れている。おかげで、彼女たちの要求は次第《しだい》に大胆《だいたん》になっていった。

「ねえ王子様、あたしの演技ごらんになった？　お上手だった？」

「ああ。ジークリットの純粋《じゅんすい》さや勇ましさがよく表現できていた」

「じゃあじゃあ、ご褒美《ほうび》にお姫様だっこしてくださる？」

「ん？　まあ、構《かま》わんが」

ハインが安請《やすう》け合いをして、ジークリットの衣装を着た十歳くらいの少女をひょいと抱き上げる。きゃあー、ずるいー、とさらに甲高《かんだか》い歓声《かんせい》があがった。

たまらずマチルダが声を張りあげる。

「ちょっと、あんたたちいいかげんにしなさい！　ハインリヒ様に失礼でしょう！」

「なあにマチ姉、うらやましいのー？」

「馬鹿《ばか》を言うんじゃない！　あんたたちが馴《な》れ馴《な》れしすぎるから怒ってるんでしょ！」

「王子様お優しいから、マチ姉もだっこしてくれると思うよー？」

「話を聞けっ！　それにあたしはもう大人だからお姫様だっこになんか興味ないの！」

「やせ我慢《がまん》ー？」

「黙《だま》らっしゃい、このませガキども！」

囃《はや》し声に一喝《いっかつ》で返すと、ますます子どもたちは盛り上がった。

はー、と沈痛《ちんつう》なため息をつき、マチルダはくるりと振り返って頭を下げた。

「ほんっとーにごめんなさい、アルマ様。あの子たちも悪気はないんです。ただ公演の後は気持ちが昂《たか》ぶるから調子に乗りやすくって。今日は特にお客様が多かったですし……すいません、すぐにやめさせますから」

「そんな、いいですよ。わたしは別に気にしてなんて……」

「えー、じゃあマチ姉これはー？」

はっと顔を向けたときには時既《すで》に遅かった。

抱き上げられた少女が得意そうにハインの首にすがりつき、両手が塞《ふさ》がっている彼の唇《くちびる》にちょこんと口づけた。その瞬間だった。

「ギョアアアアアアアアアアアアァッ！」

すさまじい叫《さけ》び声があがった。

一瞬遅れて我《われ》に返ったアルマは、ぎょっとして周囲を見回した。

「な、なんですかいまの、この世のものとは思えない叫び声は⁉　マチルダ様、いまの聞こえましたよね!?」

「……はい、聞こえました」

「気をつけてください、魔獣《まじゅう》の雄叫《おたけ》びかもしれません。いったいどこからあんなおぞましい声が……」

「……アルマ様の口の中から聞こえましたけど」

マチルダが遠慮がちに指摘してくる。

さっきまで騒《さわ》いでいた少女たちも、ふて腐《くさ》れていた少年たちも、そしてハインも、呆気《あっけ》にとられた顔でこちらを見つめている。

「へ？　わたし、何も言ってませんけど？　言ってませんよね？」

残念ながら、誰からも同意は得られなかった。

「無意識か」

ハインがぽつりと呟《つぶや》いたその瞬間、控え室は爆笑の海に包まれた。


サセベーの町を見下ろす丘の上を、初夏の風が流れていく。

夏草の匂いを楽しみながら、アルマとハインは丘の上を連れ立って散策《さんさく》していた。

正式な公務ではないとはいえ、花冠画家として彼に随行したのはこれが初めてだ。さらに言えば、彼と王宮を出たのも初めてだ。とはいえ、二人きりというわけではない。

二人に気を使ってか、少し距離《きょり》を置いてゲオルクもついてきている。彼は最近騎士職に復帰し、ハインの護衛官の役についている。

描き甲斐《がい》のある筋肉をほぼ毎日見られるようになったのは嬉しいが、気分はこの丘を照らす陽光のように晴れやかだとはとても言えなかった。

「いつまでにやにやしてらっしゃるんですか」

アルマは後ろを振り返って睨《にら》みつける。

ハインはさっとばつが悪そうに顔を逸《そ》らした。すました顔を取り繕《つくろ》っているつもりのようだが、その横顔は口角がぴくぴくと震《ふる》えていた。

しばらく見つめていると、耐《た》えきれなくなったらしく、ぷはっと吹き出した。

「ハイン様！」

「いや、だがギョアアはないだろう、ギョアアは。怪鳥《かいちょう》の鳴き声かと思ったぞ」

「しょうがないじゃないですか、出ちゃったんですから！」

自分が酷《ひど》いショックを受けたという事実が、何よりショックだった。

あんな口づけ、たいしたことではないはずだ。軽く触《ふ》れただけだし、子どもの悪戯《いたずら》ではないか。それなのにあんな大声を出してしまうなんて、情けないし恥《は》ずかしい。

「しかし嬉しい発見だったな」

「わたしの悲鳴が変なことがですか!?」

「ムキになるな。発見したのは、おまえでも嫉妬《しっと》するとわかったのが嬉しいんだ」

ハインがそっと近づいてきて、間近から顔を覗《のぞ》き込んでくる。翡翠《ひすい》色の双眸《そうぼう》に面白がる輝《かがや》きが見えて、今度はアルマが視線を逸らした。

「別に、嫉妬なんてしてません」

「していただろうが。それにしてもおかしな話だな。僕の愛人になるとか言っていたくせに、子どもにキスされたくらいで嫉妬するのか」

温かい手のひらがすっと頬《ほお》を撫《な》で、そのまま指先を髪《かみ》にまで通す。

あ、と思ったときには、唇で唇を塞がれていた。しばらくは優しく重なるだけだった感《かん》触《しょく》が、やがて深く密着する。

「おまえが愛人になるということは、僕は正妻となる他の女と」

一度唇を離してそこまで言うと、また重ねてくる。今度は続けざまに柔《やわ》く噛《か》んで、唇の弾力《だんりょく》を楽しむように口づけられた。

「——こういうことや、もっとすごいことをしなければならないわけだが?」

まだかすかに上唇の先を触れさせたまま告げられる。

呼吸のタイミングが摑《つか》めなかったアルマは、息苦しさやらくすぐったさやら恥《は》ずかしさやらでいっぱいいっぱいだ。

「こ……心から反省しています……」

「ならいい」

最後に角度を変えてもう一度口づけられて、ようやく解放された。

ハインは少し顔を離してから、不思議そうに眉《まゆ》をひそめる。

「おまえ、まだ慣れないのか」

「な、慣れるほどしていませんがっ！」

「もっと慣れるほどたくさんしてほしいと？　ねだられてしまってはしかたないな。一日三回でどうだ？」

「誰もねだってませんし三回は多すぎです！」

顔を真っ赤にして抗議《こうぎ》しても、ハインは聞こえていないふりをする。

ぐぬぬ、とアルマは口の中でうめいた。気分は負け犬だ。なぜ恋仲の相手に口づけられて敗北感を覚えなければならないのだろう。納得《なっとく》がいかない。

（まあでも、甘く囁《ささや》かれるよりはいい……かな？）

色気のない言いあいをしている方が、自分たちには似合っている気がする。

そんなことを考えていたら、ふとハインが目の前で膝《ひざ》をついた。

正面で膝立ちをし、窺《うかが》うように見上げてくる。

痛いほど真摯《しんし》な眼差《まなざ》しに、何をしようとしているのか直感的にわかってしまった。

「待ってください！」

「待たない。もう制止はするな。聞くだけでいいから、どうか聞いてくれ」

そこまで言われては、聞かないわけにはいかなかった。

「僕はおまえの嫌《いや》がることはしたくない。おまえの意志を尊重《そんちょう》したいと思っていた……

ついこの間までは。だがもう我慢がならない」

すっと両手をすくい上げるように握《にぎ》られた。手袋越しの手のひらが熱い。

「婚約者候補を押しつけられるわ、オトマールがおまえに手を出すわ……もううんざりだ。

王族の結婚が政治だというのなら、くだらない裏工作が必要ないくらい善政《ぜんせい》を敷《し》いてやる。

おまえを僕だけのものに、そして僕自身もおまえだけのものにできるのなら、どんなこと
だってしてみせる。二度と幽霊王子などと呼ばせない」

「……ええ」

ほんの相槌《あいづち》ではあるが、一言口にするだけで喉が渇いた。

ここまでは了承《りょうしょう》したと受け取ったのか、ハインがぎゅっと手を握る力を強めた。

「おまえがこんな関係を望んでいないことはわかっている。すべては僕のわがままだ。だ
が言わせてくれ……僕の妻と僕の花冠画家を、かけもちしてはくれないだろうか」

アルマはまっすぐに翡翠色の眼差しを受け止めた。

彼の言葉をじっくりとじっくりと噛みしめてから、口を開く。

「少し、時間をいただけますか？」

どこかで最悪の答えを想定していたのだろう。ハインが安堵《あんど》したように息を抜いた。

「構わない。何年でも、いくらでも待とう。どのくらいだ？」

「そうですね。とりあえず一カ月くらいいただければ」

「……一カ月？」

翡翠色の双眸が大きく見開かれる。

アルマは多少の気恥ずかしさを感じながら、微笑《ほほえ》んでみせた。

「ハイン様の奥方になるということは、わたしは、わたし自身も見ないで描けるようにならなければいけないので」

いまはまだ、自分を見ないで描くことはできない。

できないうちは、中途半端な返事をするわけにはいかなかった。

「あ、左右が反対の絵になってしまっても大丈夫でしょうか？　鏡越しに目に焼きつけることになりますし。自分ではよくわからないのですが、わたしって左右で顔が違うところとかがあったり――ひゃあっ！」

言っている途中で抱き上げられてしまう。

気がつけばハインの腕《うで》の中にすっぽりと収まっている。さきほど少女がハインにおねだりしていたお姫様だっこの格好《かっこう》になってしまい、アルマは面食らった。

「ちょっとハイン様！　危ないですよ、こんなところで！」

緩《ゆる》やかとはいえ傾斜《けいしゃ》のある丘の上だ。足を滑《すべ》らせたら怪我《けが》をしてしまう。

「急いでアトリエに戻るぞ。僕のときで二週間かからないくらいだったんだ。自分の顔ならもっと早く描けるようになるはずだ」

「なんで急ぐんですか!?　さっきいくらでも待つっておっしゃいましたよね!?」

「早ければ早い方がいいに決まっている！」

輝くような笑顔で言われてしまったら、もう胸が詰《つ》まって何も言えなかった。

こういう気持ちをきっと、愛《いと》おしいと言うのだろう。

この表情を独《ひと》り占《じ》めしたいという気持ちと、絵に描いてもっと多くの人に見せたいという相反《あいはん》する気持ちが、胸の奥でせめぎあう。

(わたしって、こんなに欲張りだったんだ)

ハインの言ではないが、自覚のなかった一面を発見してしまった。

アルマは少しだけ勇気を出して、彼の首に腕を回して顔を寄せる。あのジークリット役の少女のように、自分から口づける勇気はまだないけれど。

「ゲオルク、王都《ジークセン》に帰るぞ！　馬車の準備をさせろ！　御者《ぎょしゃ》が寝《ね》ていたら叩《たた》き起こせ！」

遠くからなりゆきを見守っていたのだろう、ゲオルクが苦笑して一礼し、踵《きびす》を返す。

その後を追いかけ追い越すようにして、清々《すがすが》しい風が丘を駆け下りていく。

少し青臭《あおくさ》い、草の匂《にお》いを運ぶ風だ。
ユグドリスは本格的に夏を迎《むか》えようとしていた。

〈END〉

あとがき

こんにちは、おひさしぶりです。乙川《おつかわ》れい略《りやく》してオツカレです。

『かけもち女官《によかん》の花〇修業《マルしゆぎよう》　～愛人路線はいばらの道!?～』をお届けします。

まさか続刊を出していただけるとは思っていなかったので、「あと一冊書いていいよー」と言われたときには舞い上がって空も飛べそうでした。アイキャンフライ！　で、どうしよう、どんな話にしたらいいんだろう、と迷いに迷いまくって、美術アカデミーの権力争いがどうのこうのとか悪魔王の復活がうんたらかんたらといった話をこねくり回したすえ、「いや、これって変人ヒロインが主役の王宮ラブコメだよね？」と突然思い直し、このようなかたちになりました。

甘さと変態の区別がろくについていない女子力ゼロの筆者で申し訳ないかぎりですが、アルマとハイン（プラスα《アルファ》）の結末をごらんいただければ幸いです。

ここからは謝辞《しやじ》を。

ビーズログ文庫編集部ならびに担当編集者のＦ様には、今回も大変お世話になりました。

某《ぼう》パーティーで「世間はいろいろありますが我々はキラッキラで行きましょう」とお声をかけていただいたことはとても励《はげ》みになりました。

イラストの増田《ますだ》メグミ様。今回も素敵すぎるイラストの数々をありがとうございました。前回表紙イラストのおかげで膝萌《ひざも》えに目覚めてしまい、本編がこんなことに……増田様にイラストを担当していただけて、私も本作も本当に幸せでした。

校正、デザイン、印刷、製本、営業その他、本作の出版に関わったすべての方々にも慎《つつし》んで御礼申し上げます。特に校正者様。前巻執筆後《しっぴつご》に転職して校正者レベル1になった乙川的には「校正様ってスゲエ！」という気持ちでいっぱいです。

そして、前巻に引き続きお手にとってくださった寛大《かんだい》な読者様にも、星の数ほどの感謝と愛を。次ページより後日談というか数年後エピソードも書かせていただきましたので、最後までおつきあいいただけると嬉《うれ》しいです。

それではこの辺で、いつかまたお会いできる日を夢見て。ありがとうございました！

乙川れい

おまけ短編

幸せの構図

薔薇《ばら》の香るサンルームで、アルマは新聞を広げた両手をわなわなと震《ふる》わせていた。

「またフーゴくんに負けた……！」

週刊紙ジークセン・ツァイトゥングの一面には、冬の官展《かんてん》の結果が大々的に掲載《けいさい》されていた。入選作に順位はつけられていないが、ジークセン・ツァイトゥングへの掲載順がそのまま作品の評価順位だということは誰もが知っている。

『アルマ・クラウス』の名前は上から三番目にあった。

題名は『部屋着のカトリーネ王妃《おうひ》の肖像《しょうぞう》』。

いつも豪華絢爛《ごうかけんらん》なドレスを着ている印象の強いカトリーネを、題名どおり簡素《かんそ》なモスリンの部屋着姿で描いたものだ。それでいて華《はな》やかさを失わないよう、野花を髪飾りにしたり、小さなブーケにして持たせたりと工夫を凝《こ》らしたのが評価されたらしい。

花冠《かかん》画家任命後、挑戦《ちょうせん》し続けて三年。入選はこれで四度目だ。入選自体は昔の自分なら空をも飛べるほど嬉《うれ》しいことだったが、素直に喜べないのは自分の二つ上に鎮座《ちんざ》している『フーゴ・ヤンセン』の名前のせいだろう。

あの野心家の少年は今回、正統派で重厚《じゅうこう》な歴史画を描いて入選している。

題名は『花冠画家マティアスと花かんむりを戴《いただ》くジークリット』。

悪魔王を倒したジークリットに「本物の王冠を戴くときまでの代わりに」とマティアスがシロツメクサの花かんむりを差し出すという、神話の一場面を描いたものだ。

「そうよねえ、あんな保守的な絵が一位だなんて、あたくしも納得《なっとく》いかなくてよ。どう見てもあたくしの絵の方が素晴らしいというのに。審査員《しんさいん》は見る目がないのね」

同じテーブルでティーカップを傾《かたむ》けながら、カトリーネが全力で同意した。後ろに控《ひか》えた新しい女官たちも無言で頷《うなず》いている。

アルマの元同僚《どうりょう》たちは無事全員嫁《とつ》いでいったため、女官軍団は新顔ばかりだ。レネも辺境の伯爵家《はくしゃくけ》に嫁いでおり、たまに文《ふみ》を交わす仲となっている。

カトリーネの膝《ひざ》の上には今年二歳になる黒髪の女児がちょこんと座って、焼き菓子を懸《けん》命《めい》に頰張《ほおば》っている。ぼろぼろとお菓子のくずを零《こぼ》しているが、王妃は気にも留めないばかりか頰を緩《ゆる》ませ、幼子の髪を愛《いと》おしそうに撫《な》でていた。

「イルゼ、だめでしょう。カトリーネ様のドレスを汚しては」

アルマが注意をすると、女児はあきらかにわかっていない様子で翡翠《ひすい》色の双眸《そうぼう》を輝《かがや》かせて「おいし！　おいし！」と焼き菓子を摑《つか》んだ手を振り上げてみせた。

「本当に申し訳ありません。やっぱりイルゼはわたしが……」

「いいのよ。このくらいのうちは、汚すのも仕事みたいなものよ。ねえ、イルゼ？」

カトリーネは赤くて小さな丸いほっぺたをぷにぷにとつつく。それがくすぐったいらしく、イルゼは嬉しそうに笑っている。

「不思議だわ。髪はアルマ似とはいえ、他がハインそっくりだというのにちっともムカつかないどころか、可愛《かわい》くて可愛くて、目に入れても痛くなくってよ」

「わたしもです。赤ちゃんのときはあんまりにも可愛らしくて、親馬鹿《ばか》ですが赤ちゃん部門一位だと確信しました」

「あら、赤ちゃん部門一位は脅《おびや》かされるかもしれなくてよ。次の子に」

菫《すみれ》色の眼差《まなざ》しを、最近膨《ふく》らみが目立ってきたお腹《なか》に向けてくる。

アルマは現在、夫であるハインの第二子を妊娠《にんしん》している。

「大丈夫です。いまのイルゼは幼女部門一位ですから！」

「あなたたちを見ていたら、なんだかあたくしも子どもが欲しくなってきてよ」

「えっ……!?」

悩ましげに頰《ほお》に手を当てて吐息《といき》をつくカトリーネを、アルマは思わず凝視《ぎょうし》した。

国王夫妻が仮面夫婦であることは、王宮内では周知の事実だ。アルマが知る限り、二人が公《おおやけ》の場以外で仲睦《なかむつ》まじいやりとりをしているという目撃《もくげき》情報はない。

「いまさら陛下《へいか》と仲良くするというのも、気が進まないけれどね……」

「カトリーネ様と陛下の赤ちゃん……絶対美人になりますよね！　すごく見たいです！」

「……あなた、相変わらずね。好奇心が最優先なのはいいけれど、少しは王位継承権《けいしようけん》の心配をしたらどうなの？　あなたはもう王太子妃《おうたいしひ》なのよ？」

ユグドリス王国の王太子は、正式にハインに決まっている。

継承者争いに勝利したわけではない。現在、ディードリヒはユグドリスにいない。

ことの発端《ほったん》はハインとアルマが無事婚約し、式の日取りを決めているときだ。

イアルナ王国の王太女シャルロッテがユグドリスを訪《おとず》れ、間の悪いことに女装中のディードリヒと出会ってしまった。

さらに間の悪いことに、シャルロッテは趣味《しゆみ》で男装をしていた。

まさに運命の出会いだった——と、のちにディードリヒは語っている。

自分の趣味を理解してくれる相手と瞬《また》く間に恋に落ちた二人は、出会ったその日のうちに婚約した。そしてディードリヒは周囲の反対を押し切り、王太女であるシャルロッテのもとへ駆《か》け落ち同然に婿《むこ》入りしてしまったのだ。

「あら。噂《うわさ》をすれば、残り物の王太子が来たわよ」

「残り物と呼ぶな」

ハインが憮然《ぶぜん》とした顔でサンルームに入ってきた。護衛騎士《ごえいきし》のゲオルクも一緒だ。

ディードリヒの婿入りで王太子確定となったハインは、しばらくの間ディードリヒ派の貴族たちから「残り物の王太子」と揶揄《やゆ》されるはめになった。

もっとも、既《すで》に大半の諸侯からは信頼を得ていたのもあって、不名誉《ふめいよ》な二つ名は幽霊王子ほどには定着しなかった。いまでもしつこく使っているのはカトリーネくらいだ。

「具合はどうだ？」

「悪阻《つわり》は落ち着きました。わたしもお腹の子も元気いっぱいですよ。もちろんイルゼも」

ハインは「そうか」と嬉しそうに言ってアルマの頬に軽く口づけると、カトリーネの膝からイルゼを抱《かか》え上げた。

「待ちなさい、イルゼはまだあたくしと――」

「ただいまイルゼ。いい子にしていたか？」

義母《ぎぼ》の抗議《こうぎ》を無視して抱き上げた娘《むすめ》から、「ぱあぱ、ぱあぱ！」と頬をぺたぺたと叩《たた》かれる。小さな手の容赦《ようしゃ》なくも可愛らしい攻撃に、ハインの相好《そうごう》が崩《くず》れた。

「そういえば、今日はフーゴくんと一緒ではないのですか？」

フーゴはハインの第二花冠画家だ。ハインははじめ二人目の花冠画家の登用《とうよう》に難色《なんしょく》を示していたが、結婚してすぐにアルマが懐妊《かいにん》すると、「妊婦を遠方まで随行《ずいこう》させるわけにはいかない」と言って、フーゴを第二花冠画家に任命した。

アルマもう駄々《だだ》をこねはしなかった。新しい命を預かることよりも重大な役目などないと悟《さと》ったからだ。

「フーゴは私用だそうだ。新聞社のインタビューを受けるとか、なんとか。冬の官展の結果が出たそうだな？」

「うっ……」

「ああ、そういえばフーゴから伝言を預かっているが、聞くか？」

「聞きたくないです！」

両手で耳を塞《ふさ》いで背を向けるアルマを無視して、ハインが容赦なく告げる。

「実力の差、だそうだ」

「ぐぬううううーっ！」

「こら、地団駄《じたんだ》を踏《ふ》むな。お腹の子に障《さわ》るだろう」

慌《あわ》てててゲオルクにイルゼを預けたハインに、腕《うで》を引かれて制止される。

視界の端《はし》で、そーっとイルゼに手を伸ばすカトリーネと、それをさりげなくかわすゲオルクの姿が見えた。騎士と王妃の攻防をイルゼは遊んでくれていると勘違《かんちが》いしたのか、きゃっきゃと声をあげて喜んでいる。

「わたしも早く花冠画家の仕事に戻りたいです。もっと画業に力を注《そそ》いで腕を上げないと、フーゴくんにますます差をつけられてしまいます」

「もうしばらくは辛抱《しんぼう》してくれ。無事にお腹の子が生まれて落ち着いたら、どこへでも連れて行ってやるから。な？」

　頭を撫でてなだめられてしまっては、もう不満も言えない。

　彼との結婚を後悔《こうかい》したことは一度もない。けれど、王太子妃と花冠画家の両立は思っていた以上に難しくて、ままならない現実にやきもきしてしまう。

「神様にはなんでもお見通しなのでしたら、わたしがハイン様の妃《きさき》になることもおわかりのはずですよね？　なら、なぜわたしを神懸《かみが》かりにお選びになったのでしょうか」

　神懸かりは確実に花冠画家に任命されるというのに、アルマを神懸かりに選ぶだなんて、神様はそんなに妃と画家をかけもちさせたかったのだろうか。

「神がおまえを選び、僕に遣《つか》わした理由ならなんとなくわかるが」

「えっ？」

「ダメになった男の尻《しり》を蹴《け》っ飛ばして正しい道に戻せるのは、魅力的《みりょくてき》な女だけだと決まっているからな」

　アルマは思わず目を見開いたあと、かあっと顔を赤らめた。

「わ、わたしはハイン様のお尻を蹴っ飛ばした覚えはありませんし、それに魅力的な女では……」

「僕が惚《ほ》れた女が魅力的ではないと言うのか？　そんなだからフーゴに負けるんだ」

「それとこれにどんな関係が!?」

「おおいに関係がある。わからんのなら、わからせてやらねばならんな……」

ハインが肩を抱き寄せて、顔を近づけてくる。アルマは頬の熱さを自覚しながら、そっと目を閉じて待った。が、彼が触《ふ》れてくることはなかった。

「——痛い痛い痛いやめろ離せ！　僕の髪を食べるな！」

わめき声に驚いて目を開けると、ハインの隣《となり》にゲオルクが立っており、彼の腕から身を乗り出したイルゼがハインの金髪をむんずと摑《つか》んで口にむぐむぐと含んでいた。

「ゲオルク！　いい雰囲気《ふんいき》になっていたのがわかっていただろうになぜ近づけた!?」

「申し訳ありません。イルゼ様がどうしてもぱあぱがよいとおっしゃられるので」

「……む。それはやむを得んか」

ハインが喜びを隠《かく》しきれないすまし顔で、ゲオルクからイルゼを受け取った。

「ちょっと、そろそろあたくしにも……ああんイルゼ、イルゼーっ！」

カトリーネが手を伸ばして跳《は》ねるのを無視して、我が子を愛《いと》おしげに抱きしめる。と、イルゼが小さな手で父の頬をむんずとつねった。頬をつねられて変な顔になりつつも、娘が可愛くて仕方がないのがしまりのない表情に出てしまっている。

アルマはくすっと笑って、親指を立てて夫と娘のパースを取った。

次の官展に出品する絵の構図が決まった瞬間だった。


〈END〉

■ご意見、ご感想をお寄せください。
《ファンレターの宛先》
〒104-8441 東京都中央区築地1-13-1
銀座松竹スクエア
株式会社KADOKAWA ビーズログ文庫編集部
乙川れい 先生・増田メグミ 先生
《アンケートはこちらから》
http://www.bslogbunko.com/

■本書の内容・不良交換についてのお問い合わせ。
エンターブレイン カスタマーサポート
電　話：0570-060-555（土日祝日を除く 12:00〜17:00）
メール：support@ml.enterbrain.co.jp（書籍名をご明記ください）

B's-LOG BUNKO
ビーズログ文庫

お-8-02

かけもち女官《にょかん》の花《はな》○《マル》修業《しゅぎょう》
〜愛人路線《あいじんろせん》はいばらの道《みち》!?〜

乙川《おつかわ》れい

2015年2月26日 初刷発行

発行人　青柳昌行
編集人　三谷 光
編集長　馬谷麻美
発行　株式会社 KADOKAWA
〒102-8177 東京都千代田区富士見 2-13-3
（ナビダイヤル）0570-060-555
（URL）http://www.kadokawa.co.jp/
企画・制作　エンターブレイン
〒104-8441 東京都中央区築地 1-13-1 銀座松竹スクエア
編集　ビーズログ文庫編集部
デザイン　永野友紀子
印刷所　凸版印刷株式会社

ISBN978-4-04-730216-7 C0193

定価はカバーに表示してあります。

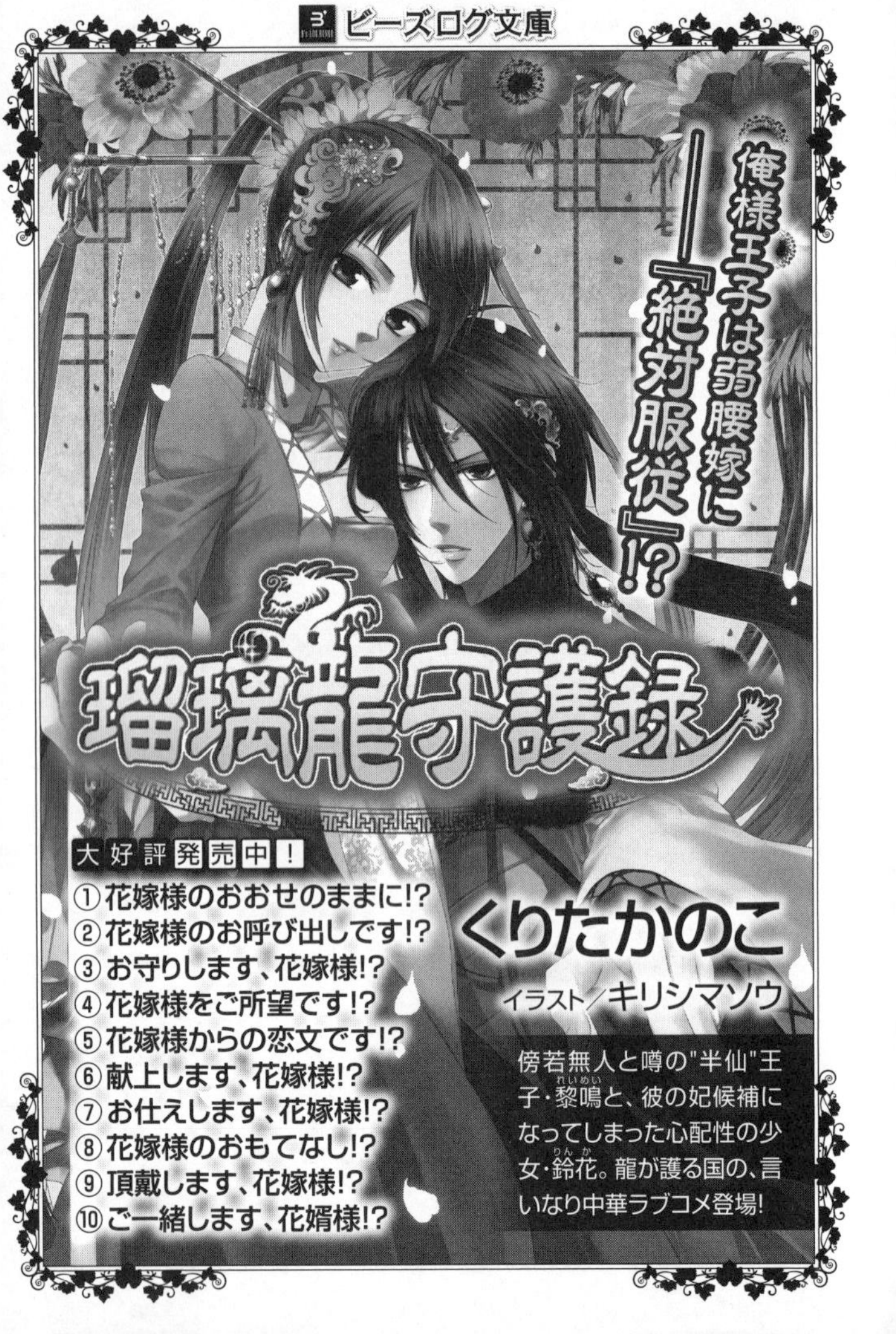
ビーズログ文庫
俺様王子は弱腰嫁に――『絶対服従』!?
瑠璃龍守護録
大好評発売中!
① 花嫁様のおおせのままに!?
② 花嫁様のお呼び出しです!?
③ お守りします、花嫁様!?
④ 花嫁様をご所望です!?
⑤ 花嫁様からの恋文です!?
⑥ 献上します、花嫁様!?
⑦ お仕えします、花嫁様!?
⑧ 花嫁様のおもてなし!?
⑨ 頂戴します、花嫁様!?
⑩ ご一緒します、花婿様!?
くりたかのこ
イラスト/キリシマソウ
傍若無人と噂の"半仙"王子・黎鳴《れいめい》と、彼の妃候補になってしまった心配性の少女・鈴花《りんか》。龍が護る国の、言いなり中華ラブコメ登場!

ビーズログ文庫
(仮)花嫁のやんごとなき事情
鬼畜な策略皇子vsド庶民娘のうっかり婚ラブコメ!!
夕鷺《ゆうさぎ》かのう
イラスト／山下《やました》ナナオ
大好評発売中！
①～離婚できたら一攫千金!～
②～離婚できなきゃ大戦争!?～
③～離婚できずに新婚旅行!?～
④～離婚の前に身代わり解消!?～
⑤～離婚の裏に隠れた秘密!?～
⑥～円満離婚に新たな試練!?～
⑦～離婚の誓いは教会で!?～
⑧～離婚祭りは盛大に!?～
短編集～すべての道は離婚に通ず?～

新婚初夜に襲われたあげ句、軟禁されるってどういうこと!?　こんな男、絶対離婚してやる！――フェルのニセ新婚生活、スタート!!